KB050394

마졸귀환록 10

초판 1쇄 인쇄일 2015년 6월 18일 | **초판 1쇄 발행일** 2015년 6월 22일

지은이 주작 | **펴낸이** 곽중열 | **담당편집 팀장** 이범수
편집부 신연제 이윤아 김호성 김은경

펴낸곳 (주)조은세상 | 출판등록 제 2002-23호
주소 경기도 연천군 미산면 청정로 1355
TEL 편집부 02)587-2966 | FAX 02)587-2922
e-mail bukdu@comics21c.co.kr

ⓒ주작 2014
ISBN 979-11-5832-108-6 | ISBN 979-11-5512-578-6(set) | 값 8,000원

※잘못 만들어진 책은 바꿔 드립니다.
※저자와의 협의에 의해 인지는 생략합니다.

마졸귀환록

10

주작 판타지 장편소설

NEO FANTASY STORY

북두
(주)조은세상

CONTENTS

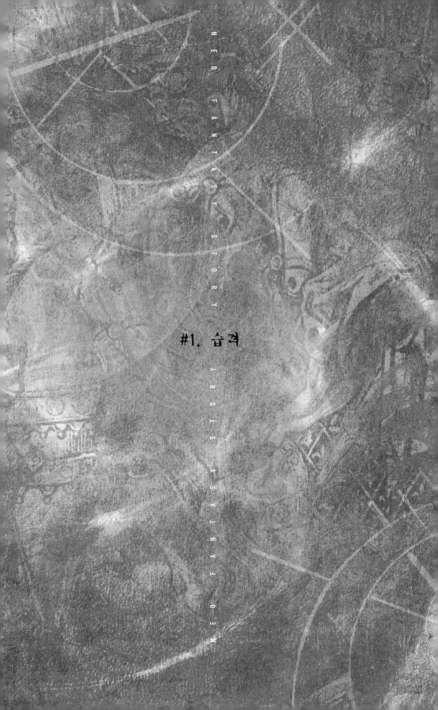

#1. 습격

#1. 습격

갑작스러운 성자의 출현 때문일까? 전장의 분위기는 기이하게 변해버렸는데, 그도 그렇게 빛을 인도하는 존재 앞에서 피와 죽음 그리고 광기를 내비친다는 게 아무래도 거리낄 수밖에 없던 것이다.

그 때문일까?

전쟁은 이전과 같은 치열함을 점차 잃어가고 있었다. 하루에도 수차례씩 서로의 영역을 뺏고 뺏기던 급박하던 풍경에 왠지 모를 여유가 끼어든 것이다.

이런 상황에 골머리가 아픈 건 각국의 수뇌부들이었다. 특히, 한 마음 한 뜻으로 힘을 모았던 연합왕국 측이 현 상황을 더욱 답답하게 느낄 수밖에 없었다.

그도 그럴게 그들은 각자의 개성을 지닌 여럿이 한시적인 목표를 구심점으로 뭉친 엉성한 덩어리였고, 저 제국은 애초에 하나의 거대한 산이었기 때문이다.

저들 제국 역시도 최초에는 여러 개성이 하나로 모여 탄생한 덩어리일 뿐이었으나, 그들에게는 '역사'라는 게 있었다.

비록 그 역사가 반세기도 되지 않는 짧은 기간일지언정, 분명한 건 저들은 이제 '제국'이라는 자신들의 위치에 확실한 자부심을 지니게 되었다는 것이다.

물론, 아직 저들도 완전한 제국의 일원으로써 재탄생된 건 아니었다. 어쨌든 그 역사가 짧기 때문이다. 하지만 분명히 할 수 있는 건, 저들이 연합왕국보다는 그 결속력이 단단하다는 점이었다.

"골치 아프게 됐군."

테파른 왕국의 프루체른 공작은 연신 머리가 아픈지 양 미간을 격하게 눌러대며 보고서를 내려다봤다.

"마르한 케메넨스!"

이 모든 사태의 중심인 '성자'와 관련된 내용들이 그 안에 한 가득 적혀있었다. 이미 앞전에도 이와 비슷한 보고서가 왔으나, 당시에는 조금은 허술한 부분들도 있었다.

하지만 성자로 분류되어 대륙적인 관심을 끌게 된 덕분일까? 이제는 그의 일생이 세세히 기록되었다고 봐도 과언이 아닐 정도로 세부적인 내용까지 보고서 가득 나열되어 있었다. 부족하다 싶은 부분은 최대한 그럴싸한 추측까지 더해가며, 완벽에 가까운 이야기를 만들어놓은 것이다.

"일찌감치 처리를 해 둘 것을… 으음!"

괜히 대신관 혹은 교황에 버금간다는 마르한의 능력을 이용하려다 크게 뒤통수를 맞은 기분이었다.

연합왕국 측에서 성자가 났다!

얼핏, 듣기 좋은 내용처럼 보일수도 있었다. 하지만 현 상황을 보고 생각한다면, 결코 좋게만 볼 수가 없는 내용이었다.

'왜, 하필 성자인가.'

인간들의 전쟁에 신의 뜻이 끼어드는 순간, 그 흐름은 더 이상 그들만의 것이 아니기 때문이었다.

빠르게 처리를 했더라면, 지금처럼 상황이 복잡해질 이유도 없었고, 거기에 더해 저들 성국에서도 좀 더 많은 지원을 받는 게 가능했을 터였다.

애초에 성국 측에서 원하던 게 마르한의 제거였기 때문이다.

'젠장!'

절로 욕짓거리가 목구멍을 들썩거렸다. 이번 사건으로 인해 성국의 지원도 물 건너간 것이나 다름없기에, 이래저래 머리가 아프지 않을 수가 없었다.

11

그나마 사제단이 아직 그들의 품에 있고, 거기에 더해 성자라 불리는 마르한 역시도 그들 진영에서 활동 중이라는 게 최소한의 위안거리였다.

어쨌든 성자라는 칭호를 부여받은 이상, 그를 전과 같이 대하는 건 쉽지가 않겠으나, 그의 명성을 적당히 이용하는 건 가능할 것 같았다.

단지, 문제가 있다면 그가 언제까지 그들의 진영에 머무를지를 모른다는 점이었다.

성자라는 위치에 오른 이상, 그의 발길을 함부로 잡기가 어려워졌고, 당연하게도 사제단을 통제하는 것도 어려워진 것이다.

"후우…."

마르한과 관련된 보고서 너머로 타국에서 건너온 보고서들이 한 가득 보였다. 연합왕국의 결속력이 삐걱대고 있다는 흔적들이 담긴 보고서들이었다.

게다가 그들에게 가담하려 했던 왕국들이 손을 떼려고 하는 움직임도 보이고 있었다.

"이제 와서 전쟁을 무를 수도 없으니."

이미 칼은 뽑혔고, 그동안 흘린 핏물의 양도 어마어마했으며, 그만큼의 원망 역시도 쌓여버린 상황이었다.

"새로운 변수가 필요할 때인가."

그의 손길이 또 다른 보고서로 향했다. 그 안에 변수의 중심이 될 이들의 이름이 적혀있었다.

"그레이브."

이미 그들이 바라던 별동대는 탄생된 상태였다. 단지, 그들이 본격적인 활동을 하려는 타이밍에 성자가 탄생하며, 잠시간 숨을 죽이고 있는 상황이었다.

'무리를 해서라도 움직이게 할 필요가 있겠군.'

그레이브의 능력이 어느 정도인지는 이미 알고 있었다.

때문에 이번만큼은 그들의 요구조건을 최대한 들어줄 생각이었다. 저들이 제대로만 움직인다면 전쟁에 새로운 흐름을 끼워 넣을 수 있을 터였다.

단지, 성자 못지않게 그레이브 역시도 부담스러운 존재라는 게 마음에 걸릴 뿐이었다.

"어느 쪽이든 맘에 안 드는 건 마찬가지군. 후우…."

미간을 누르는 그의 손길 가득 짜증이 묻어나오고 있었다.

◆

상황이 이상하게 돌아가고 있다는 건 이미 알고 있었다. 조직의 수장인 운트가 자제력을 잃기 시작한 순간부터 흐름은 비틀렸다고 볼 수 있었다.

하지만 거기까지는 괜찮았다. 애초에 어느 정도 가정은 하고 있던 부분이기 때문이다.

'실험의 부작용을 모르는 건 아니었으니까.'

여기에 연합왕국의 태도가 더해지며, 더욱 계획을 비틀 어놓기 시작했다. 그들의 연결고리가 되어야 하건만, 그들 자체적으로 연결점을 만들어내더니, 이내 배제하려는 움 직임을 드러내 보이는데, 그 순간만큼은 적잖이 당혹스러 웠다.

허나 여기까지도 어찌어찌 감당이 가능했다.

'애초에 신뢰라는 단어가 어울리는 사이가 아니었으 니.'

그저 동일한 목표로 인해, 한시적으로 뜻을 모은 것뿐이 지 않던가. 그렇기에 얼마든지 변수는 발생할 수 있었다.

하지만 여기서 정말로 예상치도 못한 일이 벌어졌다.

성자!

이 부분만큼은 전혀 예상치 못한 까닭에, 잠시나마 정신 이 멍해질 정도로 충격을 받았었다.

계획의 대대적인 수정이 필요할 만큼 이번 사건은 큰 건 이었다.

많은 생각들이 머릿속을 오갔다. 하지만 이내 그려진 그 림은 최초 계획에서 크게 엇나가지 않은 채 마무리를 짓고 있었다.

'별동대를 제대로 활용하지 못하는 게 아쉽군.'

이를 토대로 짰던 계획을 앞당기는 것이다. 목재가면의 사내는 통신구를 꺼내들며 한 사내의 얼굴을 떠올렸다.

'마르셀론 공작.'

벌써부터 그를 만난다는 게, 조금은 갑작스런 느낌이 들었다.

원래대로라면 별동대를 운영해 제국 깊숙한 곳을 뒤흔들어 놔야만 했다. 이미 몬스터들로 인해 어그러진 지역을 중점적으로 흔들며, 자연스레 그들의 탈을 쓰기로 한 것이다.

또한, 별동대로 이용해 제국 외곽의 영주들을 마르셀론 공작의 세력으로 끌어들이는 작업도 준비하고 있었다. 비록 반 강제일지언정, 그만한 힘이 별동대에는 존재했기 때문이다.

연합왕국을 통해 이러한 움직임을 감추고, 거짓된 정보를 퍼트리는 것도 계획의 일부였다. 분위기 조성이 중요하기에 연합왕국은 치열하게 외부를 두드리게 계획을 잡고 있었다.

하지만 성자라 불리는 단 한 사람의 출현으로, 이 피 튀기는 전장의 분위기가 어그러지며, 이상한 기류가 흘러들어왔다.

조금이라도 이 상황을 다잡으려면, 계획을 앞당길 필요가 있었다.

'어쩌면… 지금이 적기 일지도 모르겠군.'

그리 믿으며 진행하는 게 당장의 최선이었다.

◈

몬스터들의 잔당처리라는 명목으로 동부지역을 들쑤시고 다니던 마르셀론 공작은 때 아닌 통신에 눈을 빛내야만 했다.

그레이브에서 연락이 온 까닭이었다.

[지금, 시작하고자 합니다.]

통신구 너머에서 목재가면의 사내가 던진 그 한마디에 전신이 부르르 떨렸다.

'드디어!'

기다리던 시간이 왔음을 알았다. 동시에 걱정도 됐다. 아직 준비가 완벽하지 않다는 걸 아는 까닭이었다.

하지만 목재가면 사내의 치밀함을 알기에 믿어보기로 했다.

"괜찮겠나?"

물론 완벽한 신뢰란 있을 수 없기에, 이 정도의 질문은 던질 수밖에 없었다.

[축제가 한창인 지금이기에 오히려 적당하다고 생각합니다.]

당연하게도 수도와의 거리를 생각해본다면, 그들이 도착할 즈음에는 축제가 끝나있을 것이다. 하지만 그 여운은 충분히 남아있을 게 분명했다.

마르셀론 공작 역시도 공감하는지 고개를 끄덕이며 가면사내의 의견에 동의했고, 이내 계획은 새로운 방향으로 길을 트기 시작했다.

❖

카이스테론 아카데미에서 개최한 최고 수석을 뽑기 위한 축제는 성공적으로 끝을 맺었다. 카이스테론의 명성에 제국의 힘까지 더해진 축제이니 만큼, 실패하는 게 어려운 일이었다.

덕분이라고 해야 할까?

제국 수도의 분위기는 전에 없이 뜨겁게 달아올라 있었고, 어느새 전쟁이라는 무거운 공기에서 벗어나, 전과 같은 유쾌함이 곳곳에서 맴돌기 시작했다.

여러모로 이번 축제는 성공적이라 할 수 있었다. 하지만 단 한 사람, 제튼만큼은 축제로 인해 어깨가 추욱 처지는 상황을 피하기가 어려웠다.

제니 반트!

이번에 뽑힌 최고수석의 이름이 아카데미의 정문이 떡

하니 걸린 까닭이었다.

제국이 딸아이에게 시선을 모으기 시작했으니, 자연스레 대륙 역시도 관심을 기울이게 될 터였다. 당연하게도 주변 사람에 대한 조사도 시작될 게 분명했다.

"끄응…."

딸아이를 생각한다면 기뻐해야 마땅할 일이나, 그의 상황을 떠올린다면 웃을 수만은 없었다. 오히려 앓는 소리만 이어질 뿐이었다.

특히, 딸아이의 나이로 인해 제국은 더욱 떠들썩해진 상황이었다. 정식 입학도 아닌, 조기입학이라는 특수 상황에 최고수석의 자리를 차지한 것이기 때문이다.

세기의 천재가 출연했느니, 어쩌니 하는 시끄러운 상황이었다.

덕분에 바삐 수도를 뜨려 했던 제튼으로써는 본의 아니게 발목을 잡히는 상황이 발생해버렸다.

제니를 보고자 제국 수도의 귀족들이 움직인 까닭이었다. 아카데미 측에서 적당히 이를 막아주는 게 정상이겠으나, 만남을 원하는 이들 중에는 대귀족이라 불리는 이들도 여럿 있는 까닭에, 아카데미의 자체적인 힘만으로는 감당하기 어려운 감이 있었다.

게다가 제니 역시도 이러한 만남을 크게 거리끼는 분위기가 아니다 보니, 아카데미는 이를 막기 보다는 정식으로 제니의 일정을 조절하는 흐름으로 넘어가버린 상태였다.

"미치겠네."

제튼의 솔직한 심정이었다.

"괜찮아?"

등 뒤에서 들려오는 셀린의 걱정스런 물음에 제튼이 애써 표정을 고치며 뒤를 돌아봤다.

"어쩌겠어. 제니가 원하는데."

그들 부부의 머릿속으로 제니와 나눴던 이야기가 떠올랐다.

〈나 때문에 엄마, 아빠한테 피해가 가는 건 싫어.〉

이미 대귀족들이 움직였다는 소식을 전해들은 제니였다. 어쨌든 아직은 어린 소녀였다. 직위에 대한 두려움을 감추기는 어려웠다.

당연하게도 이를 거부한다는 게 쉽지 않다는 것 역시도 알고 있었다.

'쓸데없이 똑똑해서는… 쯧!'

게다가 조숙하기까지 한 제니를 생각하니 절로 입맛이 썼다.

〈아카데미 측에서 도와준다고 했으니까. 걱정할 필요 없어.〉

그리 말하던 제니의 표정이 조금은 경직되어 있던 걸 생각하면, 사실 조금은 화가 나기도 했다.

감히 내 딸을?

저 같은 표정을 짓게 만든 중앙의 귀족들을 한 차례 엎어버리고 싶은 마음이 부글부글 끓었다. 하지만 이내 셀린의 제지로 인해 화를 삼켜야만 했다.

딸아이의 의견을 존중해주기로 한 것이다. 물론, 이 역시도 그를 믿기에 할 수 있는 이야기였다.

브라만 대공!

이미 제튼의 과거를 아는 셀린이기에, 이를 이용하는 게 좋지만은 않다는 걸 알고 있었다. 하지만 상황이 상황이니만큼 작게나마 그 과거에 기대고자 하는 것이다.

제튼 역시도 딸아이의 일이니 만큼, 이번만큼은 그녀의 뜻에 따르기로 한 상황이었다.

'걸리기만 해봐!'

덕분에 더욱 눈에 불을 키고서는 상황을 주시하고 있는 중이었다. 처진 어깨의 무게감만큼 가슴의 열기는 더욱 뜨거워지고 있었다.

"뭘 그렇게 노려보고 있어?"

어느새 그의 옆으로 다가와 앉은 셀린이 그리 물어왔다. 이에 제튼이 눈가의 힘을 풀며 어깨를 으쓱거렸다.

"별 거 아니야. 그것보다… 옷 샀어?"

평소와 다른 셀린의 복장에 절로 눈길이 갔다. 한눈에 봐도 고급스러워 보이는 드레스를 입고 있었는데, 제튼이 기억하기로는 단 한 번도 본 적이 없는 옷이었다.

"선물로 들어온 거야."

말인 즉, 제니로 인해 날아든 선물이라는 것이다. 셀린의 옷 외에도 제튼의 정복도 함께 끼어있었다.

잠시 주저하는 마음도 있었으나, 귀족들의 선물은 어차피 물리기가 어렵다는 걸 알기에, 애써 부담을 던져버리며 드레스를 입은 것이었다.

어차피 제니로 인해 곳곳에서 파티 초대장이 날아와 있는 상태였다. 당장 파티복이 없으니, 이렇게라도 해결을 하려는 이유도 제법 있었다.

"그런데… 의외로 우리들 선물도 많이 있던데."

셀린의 이야기를 들은 제튼의 머릿속으로 그럴싸한 이유 하나가 떠올랐다.

케빈과 메리.

이미 제니의 주변인에 대한 조사가 시작되었을 터였다. 이 와중에 자연스레 케빈과 메리에 관한 정보가 퍼지면서, 또 한 번 놀라게 된 것이다.

그들 남매 역시도 아카데미에서 뛰어난 실력자로 제법 유명하다는 걸 알게 된 까닭이었다. 남매들이 하나같이 대단한 실력자다? 자연스레 그들 남매의 스승에 대해 시선이 쏠릴 수밖에 없었다.

이 와중에 제튼의 정보가 드러나게 된 것이리라.

물론, 브라만 대공과 관련된 정보는 아니었다. 순수하게 제튼 반트라는 존재에 관한 내용일 터였다.

익스퍼트 상급의 기사!

그의 고향 지방에서는 손에 꼽히는 기사라는 부분까지 이미 뽑아냈을 것이다. 자연스레 저들 남매의 스승이 제튼이라는 결론을 내리며, 이렇게 그에게도 관심을 기울이기 시작한 것이리라.

갑작스레 그들 부부를 향한 선물이 늘었다는 점과 이미 예측하던 그림이라는 부분에서 대략적인 추리가 가능했다.

'하지만… 예상보다 빠른데.'

며칠이나 지났다고 벌써 그의 정보가 풀린단 말인가.

'빨라도 너무 빨라.'

왠지 냄새가 났다.

'사반트?'

돼지고양이라 불리는 오르카의 정보원이 떠올랐다. 어쩌면 그쪽에서 새어나갔을지도 모른다는 생각이 들었고, 충분히 가능한 일이라고 여겼다.

사반트야 그가 무서워서 입을 꾹 다물 수밖에 없겠으나, 오르카라면 돈이나 벌라면서 그의 정보를 주저 없이 팔아넘겼을 수도 있었다.

〈어차피 알게 될 거, 기왕이면 내가 돈 버는 게 낫잖아.〉

왠지 환청마냥 오르카의 목소리가 귓가를 맴돌고 있었다.

"당신도 한 번 입어볼래?"

문득 들려온 셀린의 음성에 상념에서 벗어난 제튼이 어깨를 으쓱이며 대답했다.

"나는 나중에. 보나마나 쓸데없이 답답하기만 한 정복이 잔뜩 있을 건데, 그런 옷은 그다지 좋아하질 않거든. 나보다는 당신 드레스나 좀 더 입어보자."

그러며 슬쩍 시선을 돌려 셀린을 위에서 아래로 쭈욱 훑어 내리는데, 고급 드레스의 효과일까? 그렇잖아도 미모가 남다른 그녀의 전신에서 왠지 모르게 빛이 나는 느낌이었다.

슬쩍 기분이 요상해졌다. 창가 쪽으로 시선을 던져보니 활동이 한창일 시간대였다.

"흠흠…."

제튼이 헛기침을 하며 슬쩍 그녀에게 다가갔다. 그 순간 셀린이 눈을 빛냈다. 십여년을 함께 해 온 부부의 경력 덕분인지, 그가 원하는 바를 정확히 짚어낸 것이다.

슬쩍 얼굴을 붉히는가 싶던 그녀가 조심스레 물었다.

"애들은?"

제튼이 코밑을 슬쩍 훔치며 답했다.

"케빈하고 메리는 한참 수업중이야. 제니는 수업 구경한다고 갔고."

좀 더 정확히는 케빈 구경이겠으나, 어쨌든 중요한 건 이곳에 그들 부부밖에 없다는 점이었다.

셀린이 조심스레 코끝을 긁는 게 보였다. 동시에 제튼의 두 눈에 불이 들어왔다. 그녀로부터 허락이 떨어진 것이다.

창가의 햇살보다 뜨겁게 달아오르는 건 순식간이었다.

❖

주먹이 뻗어오는 걸 보면서도 신경은 하체에 쏠린다. 저 상부의 공격이 하부를 위한 포석이라는 걸 감각이 말해주는 까닭이었다.

슬쩍 오른발을 뒤로 물리니 그 자리로 서늘한 예기가 지나가는 게 느껴졌다. 시야각을 속이며 가볍게 들어오는 발차기였건만, 그 날카로움은 잘 벼린 명검과도 같았다.

'과연!'

감탄사가 절로 나왔다.

'이것이 대공의 기사!'

어느새 자체 회복기를 넘어 이제는 개인대련이 가능해질 정도까지 기력을 찾은 기사들이었다. 그런 그들이 대뜸 대련을 신청해 왔을 때, 쿠너는 적잖게 당황하는 한편 제국 전쟁의 주역들이 지닌 저력이 궁금하여 흔쾌히 승낙했다.

그리고 이어진 대련.

쿠너 스스로의 실력을 생각한다면, 저들 전부와 겨뤄야 할 것이나, 순수하게 저들 개개인의 기량을 확인하고 싶은 마음에, 일대일 대련을 선택하여 하나씩 상대를 하는 중이었다.

헌데, 이게 웬일?

'아직도 한참 치유기간일 텐데도, 이런 예리함이라니.'

게다가 실전으로 다져진 저들의 전투감각은 별의 영역에 든 그마저도 깜짝깜짝 놀라게 하는 의외성이 넘쳐났다.

'이게 경험의 차이구나!'

만약, 그가 별의 영역에 오르지 못했더라면 어떻게 됐을까?

'익스퍼트 최상급!'

저들 능력이라면 충분히 거기까지도 잡아내는 게 가능할거라 여겼다. 치료가 완전히 끝나고, 기운을 제대로 끌어낼 수만 있다면, 충분히 별의 아래까지도 닿을 거라는 판단이었다.

물론, 그렇다고 해서 저들의 순수한 실력이 익스퍼트 최상급이라는 건 아니었다.

'중급에서 상급.'

그 정도가 현재 느끼고 있는 저들의 위치였다. 하지만 워낙 독특한 발상과 다양한 전투 방식은 적응되기 전까지 는, 충분히 윗줄의 상대마저 함락시킬 만한 저력이 넘쳐보였다.

'대단해!'

연신 감탄에 감탄을 터트리며 기쁜 마음으로 대련에 열중해갔다.

쿠너의 상대로써 마주하고 있던 기사 '에르망' 역시도 쉴 새 없이 감탄을 연발하는 중이었는데, 특히 그가 가장 놀라고 있는 부분은 상대의 노련함에 관해서였다.

일반적인 시각으로 본다면 충분히 나이가 있다고 볼 수 있겠으나, 기사의 위치에서 본다면 아직 젊음이 한창인 청년이었다.

그런 나이에 별의 영역으로 들어선 것도 놀랍건만, 거기에 더해 그 연령대에서 보여주기 어려운 경험치는 또 무어란 말인가.

'과연, 주군의 제자!'

머릿속으로 브라만 대공의 얼굴이 한 차례 스치고 지나갔다.

물론, 그렇다고 해서 그들 수준의 노련함을 지니고 있다는 건 아니었다. 어쨌든 전장에서 십여년 이상을 살아온 경험자들이 바로 그들이었다.

상대가 별의 영역에 들었다고는 하나, 벌써부터 경험치에서 밀릴 생각은 없었다.

하지만 본능이 말하기를 이러한 이점도 머지않았다고 외쳐댔다.

'학습능력이 뛰어난 건 아니야.'

여리디 여린, 곱상한 외형과 달리 저 단단한 전투방식은 생각보다 우직한 부분이 있었다. 때문에 생각보다 유연함이 떨어지는 느낌이 있기는 했다.

하지만 그 우직함으로 지난 바 능력을 더욱 단단하고 견고하게 할 줄 알았다. 그들이 보여주는 변수에 적응하는 순간, 그 우직함은 한층 큰 압박감을 보여줄 터였다.

'방패가 딱 이라고 생각했는데.'

이미 그들, 대공의 첫 번째 기사들은 쿠너에 대해서 나름대로 이야기를 나눈 게 있었다. 당시에 그들은 하나 같이 쿠너에 대해 평가하기를 '방패'나 '철벽'에 비유하고는 했다.

이는 직접 쿠너를 경험한 적이 있는 브로이도 동참한 대화였다.

헌데, 막상 이렇게 마주하고 보니, 의외로 방패가 아닌 '창'의 느낌이 강하게 풍겨왔다.

'우직하게 앞만 보고 전진하는 창!'

간혹 보여주는 찌르기는 앞에 무엇이 있건 뚫어버릴 것 같은 그런 매서운 관통력이 느껴졌다.

가벼운 대련이라는 명목으로 기운의 사용을 제한하고 있건만, 그럼에도 불구하고 쿠너의 찌르기는 등골이 오싹해지는 느낌을 주고는 했다.

카아아앙!

순간 터져 나오는 짜릿한 타격음과 함께 신형이 쭈욱 뒤로 밀리는 게 느껴졌다.

'크읏!'

경계하고 있던 찌르기에 당한 것이다. 올 거라는 걸 직감적으로 알고 있었고, 그런 만큼 방비도 철저했다. 하지만 상대는 마치 '그게 뭐?' 라고 말하는 듯, 너무도 당연하게 방어를 무시하며 꿰뚫고 들어왔다.

방패역을 했던 검은 산산이 부서져 허공을 흩날리고 있었고, 그 여파로 육신은 허공을 부유하는 중이었다. 중심을 바로잡고 싶었으나, 검면을 타고 흘러들어온 충격의 여파가 육신을 경직시켰다. 검이 부서지며 상당부분 흩어졌을 잔여 충격이 이 정도라니, 놀랍다는 말로도 부족할 정도였다.

쿠웅!

묵직한 진동과 함께 그의 육신이 바닥에 드러누웠고, 어느새 다가온 것인지 쿠너의 검이 그의 목 아래에 닿아 있었다.

"끄응…."

예상하던 바였으나 그래도 역시 패배의 맛은 쓸 수밖에 없었다.

"고생하셨습니다."

쿠너가 그 말과 함께 손을 내밀었다. 가볍게 웃어보인 에르망이 그 손을 잡으며 자리에서 일어났다.

"선생님도 수고하셨습니다."

그들 기사들은 쿠너를 향해 '선생님'이라는 표현을 하고는 했는데, 이는 아직 대공의 존재에 대해 드러내지 않을 까닭에, 어찌 표현해야 할까 고심하다 쿠너의 직업을 생각하며 내어놓은 결론이었다.

"좀 더 버틸 줄 알았는데, 정말이지 쿠너 선생님의 찌르기는 당할 수가 없네요."

"하핫! 아직도 부족한걸요."

그 대답에 에르망의 눈가에 이채가 스쳤다. 쿠너의 대답이 겸손이 아닌 실제로 부족하다는 의미임을 느낀 까닭이었다.

"어느 정도나 해야 만족하실 생각이십니까?"

그래서 슬쩍 운을 떼어봤다. 이에 대해서 나온 대답이 조금 당혹스러웠다.

"태양을 꿰뚫는 검!"

무슨 소리인가 싶어 눈을 동그랗게 뜨고 있자니, 쿠너가 민망하다는 듯 얼굴을 붉히며 슬쩍 시선을 피하는 게 보였다.

"제 스승님께서 그렇게 말씀하시더라고요."

그제야 에르망의 고개가 끄덕여졌다. 황당할 정도의 이야기였으나, 왠지 브라만 대공이라면 그런 소리를 하고도 남을 거라고 여겨진 까닭이었다.

"그럼, 좀 더 수고하십시오."

에르망이 그 말과 함께 자리를 벗어나자, 기다렸다는 듯 다른 기사가 그 자리를 차지하고 섰다. 그와 마찬가지로 대공의 첫 번째 기사였던 '카세튼'이었다.

한 차례 눈인사를 한 뒤 자리로 돌아가는데, 문득 동료들의 얼굴빛이 전과 다르다는 게 느껴졌다.

'결정됐네.'

오늘, 쿠너와 대련이 있기 전까지만 해도, 저들은 브라만 대공이라는 그림자에 깊이 얽매여 있었다.

하지만 지금, 한 차례씩 대련이 끝나고 난 뒤, 어느새 대공의 자리에 쿠너라는 존재가 새로이 새겨진 것이다.

대공의 첫 번째 기사들이던 그들이, 새롭게 쿠너의 기사로써 마음을 다잡는 날이었다.

✦

음머어어어어…

기운찬 누렁이의 목소리가 시원하니 들판을 가로지르며

기분 좋은 바람을 끌어들이는 것일까? 세바르는 유난히 머릿결이 휘날린다는 생각이 들었다.

하지만 이내 바람이 밀려오는 게 아니라, 그들이 바람처럼 빠르게 달려가고 있다는 걸 깨달아야만 했다.

'대체, 무슨 일이 벌어진 거야?'

누렁이의 이 미친 질주속도는 무어란 말인가.

두두두두두두두두…

마치 야생마가 질주하듯 매섭게 내달리는 누렁이의 모습이 실로 비현실적이었다.

문득, 전날 밤 천마가 했던 한마디가 떠올랐다.

〈너무 느려.〉

이 기괴한 상황에 그가 개입한 건 아니었으니, 당연하게도 남는 건 천마뿐이었다.

'잠든 사이에 무슨 짓을 한 거야?'

아침에 깨어났을 때, 왠지 누렁이의 상태가 평소와 달라 보였던 게 생각났다. 그저 잠이 덜 깬 나머지 잘못 본 것이라고 여겼다.

'착각이 아니었어!'

더욱 놀라운 건, 이놈이 무슨 재간을 부리는 건지 마차의 진동이 그리 크지가 않다는 점이었다.

'허…'

멍청한 얼굴로 고삐도 제대로 잡고 있지 않건만, 누렁이는 이미 길을 알고 있다는 듯, 신나게 질주하고 있을 뿐이었다.

슬쩍 하늘을 올려다봤다. 왠지 하늘이 노랗게 물들었을 것 같았는데, 너무도 현실적인 푸른 빛 창공이 눈에 가득 담겼다.

그의 재산 목록 일 순위의 갑작스런 돌변에 괜히 골머리가 아파왔다.

아침에 봤던 누렁이의 표정을 떠올린 까닭이었다.

'그건… 착각이겠지?'

마치 사람처럼 그에게 비웃음을 날렸던 것 같았는데, 부디 그것만은 거짓이기를 바랄 뿐이었다.

짐칸에 누워있던 천마는 누렁이를 보며 몸서리를 치는 세바르의 모습에 슬쩍 입 꼬리를 말아 올렸다.

세바르의 예상처럼 그가 누렁이를 변화시킨 게 맞았다. 일종의 환골탈태, 즉 바디 체인지라 할 수 있는 특별한 변화를 누렁이에게 행한 것인데, 정식으로 한 게 아닌 일종의 약식으로 치른 까닭에, 온순하던 누렁이의 성격이 조금은 거칠어져 있는 상태였다.

'마공이 정순한 게 웃긴 거지. 크큭!'

비록 약식이라고는 하나 어쨌든 별의 영역에 오른 이들만이 경험할 수 있는 바디 체인지였다. 이는 누렁이가 일

반적인 동물들의 수준을 한참 뛰어넘었다는 의미이기도
했다.

말인 즉, 세바르가 착각이라고 여기던 비웃음이 결코 착
각이 아니라는 뜻이었다.

지능수준이 적어도 몬스터 혹은 변이종족 이라고 불리
는 수준까지는 올라와 있는 상태였다.

본의 아니게 몸값이 어마어마해진 누렁이었으나, 주인
으로써는 그다지 반길만한 상황은 아닐 것으로 예상됐
다.

슬쩍 주변으로 시선을 돌린 천마가 만족스런 얼굴로 고
개를 끄덕였다. 누렁이의 어마어마한 속도가 제법 마음에
든 까닭이었다.

어지간한 야생마들도 감히 고개를 못 들 정도로 쾌속한
질주였다.

'생각보다 나쁘지 않네.'

약식 바디 체인지라고는 하나 그 완성도가 꽤나 높다는
생각이 들었다.

마계에서의 생활 덕분이라고 여겼다.

일반적인 환골탈태가 아닌, 타종족 그것도 아예 종이 다
른 동물을 변형시킨다는 건, 그로써도 쉬운 일이 아니었
다.

하지만 마계에서 이미 이 같은 상황을 경험해 본 적이

있었었고, 그 횟수도 생각보다 많았던 까닭에, 이제는 그 종족이 다름에도 불구하고 크게 어려운 작업이 아니게 되어 있었다.

거기까지 생각하던 천마의 머릿속으로 마계에서 그의 손을 거쳤던 이들이 하나하나 그려지는데, 그 중에서도 유독 손에 꼽히던 녀석들의 얼굴이 떠올랐다.

'제천대성. 금각. 은각.'

마계의 생활 도중, 한 가지 기이한 사실을 알게 되었는데, 그건 마계의 보이지 않는 계급체계였다.

마물 혹은 마수라 불리는 종족들은 마족의 영역을 넘지 못한다는 것이었는데, 이를 굳이 비유하자면 토끼와 호랑이를 예로 들 수 있었다.

토끼가 평생 호랑이를 이기지 못하는 것처럼, 마물은 평생 마족을 넘보지 못하고는 했다.

아주 간혹, 일부 마족들의 지위를 넘어서는 마물과 마수들이 있었는데, 이런 이들은 대부분 그들 종족의 최고 지위자 혹은 통치자로 불렸다.

바로 이 부분이 천마의 눈에 걸린 것이다.

〈토끼? 호랑이? 토끼는 아무리 잘 커도 호랑이를 못 이기지.〉

하지만 마물 중에서는 간혹 마족을 넘보는 이가 있다는 게 중요 포인트였다.

마물들도 충분히 성장의 가능성이 있다는 걸 확인한 것이다.

게다가 마물과 마수 중에는 마족보다도 강력한 힘을 지닌 이들도 여럿 존재하고는 했는데, 이들의 경우 지능적인 부분이 부족하다거나, 마계의 일족답지 않게 나약한 면이 있어서, 마족들의 하인 혹은 노예로 부려지는 경우도 허다했다.

〈난놈들만 누리는 건, 별로 재미가 없잖아.〉

그런 이유로 몇몇 마물과 마수들을 데려다가 실험을 했고, 이를 통해서 지닌바 종족의 한계를 뛰어넘는 마물과 마수가 하나 둘 탄생하기 시작했다.

물론, 단번에 성공한 건 아닌 까닭에 부작용도 있었다. 하지만 천마의 입장에서는 충분히 만족스러운 결과였는데, 이는 초식계의 마물이 육식계가 되는 수준의 변화였다.

'그 정도면 부작용이라고 하기도 민망하지.'

이런 그의 소문을 들은 것일까? 하나 둘 마물과 마수들이 찾아들었고, 자연스레 그의 수하를 자처하는 자들이 늘어 갔다.

그래봤자 마물과 마수라며 무시하던 우마왕이었으나, 그의 손을 거쳐 간 마물들의 능력을 알게 되고 나서는, 급속도로 그에 대한 경계심이 커져가기 시작했다.

무려 대공의 위치에 있는 그로 하여금 중간계의 정찰 임무를 보낸 것 역시 이런 이유에 있었다. 그의 세력을 약화시키는 한편, 그의 수하들을 자신의 권속으로 집어넣은 뒤, 한층 더 강력한 마왕군을 만들고자 한 것이다.

'얼마나 남았으려나.'

우마왕의 감언이설에 넘어간 수하들이 어느 정도일지 쉬이 짐작이 가질 않았다. 하지만 필히 그의 밑을 지키는 이들 정도는 짐작할 수 있었다.

'제천대성 그놈은 분명히 남아 있겠지.'

본의 아니게 우마왕이라는 이름을 통해, 옛 고향의 기억을 떠올린 덕분일까? 장난스런 마음으로 털복숭이 마물을 하나 골라다가 제천대성이란 칭호와 함께 손오공이라는 이름을 부여했다.

실제로 그 이름이 아깝지 않게 가르쳤고, 놀랍게도 이미 그 능력은 최상위 마족과도 어깨를 나란히 할 정도가 되어 있었다.

단기간에 이룬 성과라고는 믿기지 않는 결과물이었는데, 이에 대한 이유는 대충 짐작할 수 있었다.

'마공하고 상성이 좋은 거겠지.'

그의 세상에서야 마공은 '역천'의 부정한 공부로 통했으나, 마계에서는 그것이 오히려 정공처럼 작용하는 경우가 제법 있었다.

때문에 마성으로 인해 미쳐버리는 경우가 크게 없었다. 성격적 변화가 일어나기는 했는데, 그 정도 상황은 충분히 납득할만한 수준이었다. 그의 세상에서는 광기에 물들어 눈이 돌아가는 정도였다는 걸 생각한다면, 오히려 양호하다고 할 정도였다.

이런 면에서 가장 두드러진 게 바로 손오공이었다. 조금은 온순하다 할 수 있던 녀석에게 마공을 가르쳤고, 그 영향으로 인해 아주 저돌적이며 호전적인 마계의 일족으로 거듭날 수 있었다.

사실, 우마왕으로 하여금 그를 경계하게 만들도록 한 장본인이기도 했다. 상급 마족이라 할 수 있는 우마왕의 직속부대의 일원을 단 일격에 격침시켜 버린 것이다.

"큭큭…."

당시를 생각하자 저도 모르게 웃음이 나왔다. 손오공의 괴력에 멍청하니 넋을 놓고 있던 우마왕의 표정이 실로 우스웠던 까닭이었다.

쿠르르릉….

문득 들려온 천둥성에 고개가 하늘로 들려졌다. 저 멀리 먹구름이 다가오는 게 보였다. 아직은 상당한 거리가 있어 보였으나, 이대로라면 결국 따라잡힐 것 같았다.

"속도 좀 내봐."

때문에 앞쪽으로 슬쩍 한마디를 건넸다.

음머어어어어…

그 순간 누렁이가 우렁차게 외치는가 싶더니, 더욱 맹렬하게 질주하기 시작했다.

콰콰콰콰콰콰…

이미 야생마니 뭐니 하는 수준을 뛰어넘는 어마어마한 속도였다. 몸을 웅크리고 있는 세바르의 뒷모습에서 그의 표정이 대충 상상이 됐다.

"큭!"

그런 이유로 한 차례 더 실소를 터트린 그가 슬쩍 하늘로 시선을 던져 보냈다.

'설마… 쫓아오거나 하지는 않았겠지?'

오공에 대한 생각을 하고 있자니, 문득 그의 성격까지도 함께 떠오르며 한 줄기 불안감이 생겨났다.

'아니겠지.'

가볍게 실소하며 고개를 절레절레 흔들 뿐이었다.

◈

초행길인 까닭일까? 본의 아니게 허비되는 시간이 생각보다 많았지만, 그럼에도 불구하고 웃을 수 있었으니, 이는 가야할 방향을 알게 된 까닭이었다.

"처음부터 인간들에게 물었으면 될 것을, 괜히 고생했

네요."

은각의 이야기에 금각과 오공이 고개를 끄덕이며 전방을 바라봤다. 상인들로 보이는 이들이 시야 가득 보였는데, 현재 그들은 사람들 틈에 끼어서 이동을 하는 중이었다.

물론, 당연하게도 외형에 변화를 준 까닭에, 주변에서 이상하게 보는 이들은 없었다.

"그나저나 이렇게 저희만 와도 괜찮을지 모르겠습니다."

금각의 걱정스런 이야기에 오공이 의아한 얼굴로 물었다.

"뭐가 걱정인데?"

"우마왕 때문에 애들 분위기가 뒤숭숭해서요."

"쯧! 삼장이 알아서 하겠지."

그 말에 금각이 쓰게 웃었다.

'주군께서는 대성께 모든 일을 일임했습니다만.'

차마 입 밖에 내지 못한 이야기였다. 괜히 꺼내들었다가는 주먹을 부를 수 있기 때문이었다. 이런 금각의 마음을 아는지 모르는지 오공은 제 할 말만 계속하고 있었다.

"게다가 팔계 놈에다가 오정이 놈까지 있으니까. 우마왕도 함부로 덤비지는 못할 거다. 쓸데없는 걱정 말고 주군이 어디에 있을지나 생각해 봐."

그 말에 금각은 뒷목이 뻐근해지는 기분을 맛봐야만 했다. 천마의 수하들 중, 삼장 외에 그나마 머리 쓰는 일에 특화되었다고 볼 수 있는 게 바로 금각과 은각이었다.

때문에 오공과 함께 이곳으로 건너오게 된 것이기도 했다.

〈너희가 머리가 좀 돌아가니, 길 안내 좀 해라.〉

그들 본연의 역할과는 상당히 거리가 있어 보이는 이유를 들먹였으나, 힘없는 그들로써는 따를 수밖에 없는 일이었다.

"우선은 저 상인들을 따라서 제국까지 가는 게 중요합니다."

당장에 이곳 지리를 모르니, 이번 여정동안 저들 상인들을 통해서 작게나마 공부를 해 놓을 생각이기도 했다.

"그거야 이미 들어서 알고 있는 소리고, 그보다 주군을 언제 만날 수 있냐니까?"

'끄응….'

뒷목이 뻐근해져 왔다. 한 차례 고개를 돌려 목 근육을 다스린 뒤, 조심스레 말문을 열었다.

"전에도 말씀 드렸듯이, 대공이라는 자의 곁으로 간다면 자연스레 만나 뵙게 될 것입니다."

그 말에 오공이 눈살을 찌푸렸다. 이미 들은 이야기였으나 상인들의 느린 속도로 인해 슬슬 짜증이 치민 까닭이었다.

이런 오공의 표정에 금각과 은각의 얼굴 가득 긴장감이 어렸다. 가야 할 방향을 알고 함박웃음을 짓던 게 거짓말처럼 여겨졌다.

　금각과 은각이 동시에 서로를 바라보며 시선을 나눴다.

　'최대한 빨리 이곳에 대한 조사를 마쳐야겠다.'

　'알았어, 형!'

　마치 텔레파시라도 나누듯, 눈빛만으로 모든 대화를 마친 그들은 약속이나 한 듯 상인들을 향해 발길을 돌렸다.

　이런 그들의 모습에 오공이 불만스런 얼굴로 투덜거렸다.

　"짜식들이 빠져가지고. 좀 쪼아대야지 움직인다니까. 쯧!"

　그의 시선이 슬쩍 하늘로 올라갔다. 마계에서는 보기 어려운 맑은 하늘이 시야 가득 들어왔다.

　'저건… 확실히 인상적이기는 하네.'

　창공의 푸름을 동공 가득 머금으며 가만히 수레에 몸을 기댔다. 따뜻한 햇살 때문일까? 얼마 지나지 않아 졸음이 쏟아지며, 그의 눈꺼풀을 내리눌렀다.

❖

　전쟁으로 인한 여파인 듯, 평소보다 많은 양의 보고서들이 업무실 가득 쌓여있었고, 이를 처리하는 걸로도 하루 24시간이 부족할 지경에 이른 상황이 되어버렸다.

하지만 그럼에도 불구하고 흔들리는 일 없이, 꿋꿋이 업무를 보며 평소와 다른 일과를 보냈고, 이는 주변의 모든 이들을 경악하게 만들기에 충분했다.

〈황제는 괴물인가?〉

〈어떻게 저럴 수 있지?〉

이 같은 이야기가 공공연하게 떠도는 걸 알고 있었다. 하지만 이는 그녀가 그만큼 뛰어나다는 증거이기도 하기에, 조용히 침묵해주는 내용이었다.

'이게 전부, 이 기운 때문이겠지.'

손끝에 힘을 모으자 하얗게 물드는 게 보였다. '그'가 전해준 기이한 연공법의 능력 중 하나로써, 이 여리디 여려 보이는 순백의 손이 집채만한 바위도 부수고, 단단한 강철마저도 종잇장처럼 구기고 찢어버리는 괴력을 지녔다면 과연 믿을 수 있을까?

하지만 실제로 그런 일이 가능한 손이었다.

'소수.'

이 힘의 정체를 떠올리자, 자연스레 '그'의 얼굴도 그려졌다.

'브라만.'

벌써 십여년이 넘도록 보지 못한 얼굴이건만, 어째서 이리도 선명히 동공에 남아있는 것일까?

"하아…."

나직한 한숨과 함께 고개를 절레절레 흔들며 쓸데없는 상념, 잡념을 털어낸 그녀가 다시금 보고서로 눈길을 돌렸다.

그리고는 재차 업무에 열중하는데, 돌연 그녀의 표정이 굳어지는 게 보였다.

저 멀리 동부지역에서 날아온 것으로써, 그 내용은 간단했다.

〈황도 복귀!〉

보고서 끝에 적힌 이름이 눈에 띄었다.

아첼르 판 마르셀론!

딱딱하게 굳은 얼굴로 보고서를 한참이나 들여다보던 그녀의 고개가 창가로 향했다. 보고서의 내용 때문일까? 자연스레 동쪽 하늘로 시선이 갔다.

'드디어… 오는 건가.'

어쩌면 괴로운 선택을 해야 할지도 모르는 시간이 가까워지고 있었다.

"후우……."

입술을 비집고 흘러나오는 한숨이 바닥에 닿을 듯 무거웠다.

◆

제국의 수도 크라베스카의 분위기는 전쟁이라는 상황에

어울리지 않게 들떠있었다.

이는 카이스테론 아카데미의 축제로 인한 여운이었는데, 전쟁이라는 암울한 상황을 의도적으로 밀어내기 위해, 조금은 과도하게 흥겨운 분위기에 취해있는 경향도 적잖게 있었다.

어찌 되었건 이 달아오른 공기 때문일까?

'칙칙…하네.'

유달리 어두운 이들의 분위기가 감각을 자극해왔다.

'암살자들인가?'

제튼은 한 차례 어둠에 잠식되어 있는 이들의 정체를 유추해봤다. 감각에 파고드는 그들의 행적을 쫓고 있노라면, 확실히 암살계열의 움직임이 묻어있었다. 하지만 그들이 지난 자리에 남아있는 묵직함은 오히려 기사라고 해도 부족하지 않을 것 같았다.

이 불순한 움직임을 읽고 나자, 자연스레 의문이 뒤따랐고, 이를 해소하고자 잠재워놨던 감각을 개방시켰다.

화아아악!

보이지 않는 기운의 그물이 넓게 퍼지더니, 이내 수도 전역을 뒤덮어갔다.

상대의 근육 움직임이나 동공의 수축 정도, 흐르는 땀과 체온 그리고 숨소리 등등, 별의 영역에 이른 이들 중, 눈치 깨나 있는 이들은 초인에 이른 감각으로 이러한 몸의 반응

들을 세부적으로 분류해, 상대의 생각도 일부 읽어내는 게
가능하다고 한다.

하물며 그 너머의 너머까지 발을 디딘 제튼이었다. 감각
에 걸린 이들의 움직임을 통해, 그들의 정체에 대한 유추
정도는 충분히 가능했다.

'그레이브?'

언뜻언뜻 느껴지는 동작 속에서 과거에 만났던 그레이
브의 흔적들이 묻어있음을 알았다. 그렇게 얼마나 읽어냈
을까? 문득 제튼이 짧은 감탄성과 함께 눈을 빛냈다.

"제법!"

몇몇 그림자들이 그의 시선을 눈치 챈 것이다. 이내 저
들의 움직임이 한층 더 조심스러워졌다. 동시에 그 역시도
쉬이 읽기가 어려운 이들이 나타나기 시작했다.

이제는 확실히 암살자, 그 중에서도 급수가 높은 암살자
의 움직임이라고 해도 부족하지 않을 정도였다. 거기까지
생각하던 제튼의 눈매가 얇아졌다.

'숫자가 너무 많은데.'

얼핏 세어 봐도 세 자릿수 후반대로 넘어가고 있었다.
그의 감각마저도 흐트리고 있는 이들까지 합산해본다면,
충분히 네 자릿수는 나올 것 같았다.

그 즈음에서 제튼의 눈가에 이채가 스쳤다.

'감각을 속이는 놈들이 이렇게나 많다고?'

비록 감각을 넓게 퍼트려 수도 전역을 커버하느라, 그 미세한 부분에서 정밀도가 떨어진다고는 하나, 그래도 일반적인 수준으로는 그의 감각을 속이기가 어려운 게 사실이었다.

말인 즉, 일반적인지 않은 실력자들이라는 의미였다.

익스퍼트 상급!

그 정도 되는 이들이 너무도 많았다. 따로 이들만 분류해도 세 자릿수는 나올 것 같았다.

'이거…'

상황이 심각하다는 걸 대번에 깨달을 수 있었다. 위기를 인식하자 그 즉시 가족들의 위치파악에 나섰다.

다행스럽게도 전부 아카데미 내부에 있었는데, 제니의 경우에는 외부파티 준비를 위해, 지금 막 아카데미 정문을 나서는 중이었다.

카이스테론 아카데미 거리에서 파티를 위한 드레스를 사러 간다고 들었던 게 기억났다. 물론, 드레스 비용은 아카데미에서 지불하기로 되어 있었다. 그 때문에 더욱 신나서 사는 것 같기도 했다.

그리 멀리 가는 게 아니라는 생각에 불러들이는 건 잠시 미뤘다. 그보다는 저들 그림자들의 행적에 좀 더 신경을 써야 할 때였다.

로이덴은 그레이브의 전투부대 중 하나인 데마른의 요원으로써, 주로 대륙 외곽을 돌아다니며 영지간의 전쟁에 용병으로써 투입되어, 승부를 조작하는 임무를 수행하는 게 주된 역할이었다.

물론, 그가 영지전의 승패를 좌우할만한 실력자는 아니었다. 하지만 데마른의 요원들이 전부 모인다면 충분히 승패의 향방을 정할만한 수준은 된다고 여겼다.

하지만 오늘, 지금 이 순간만큼은 그 개인의 힘으로도 영지전의 승부를 조작할 수 있다는 자신감이 있었다.

'이 힘이라면!'

몸 속 깊은 곳에서부터 솟구치는 이 기이한 오러량을 생각한다면, 충분히 개인으로써 단체의 저력을 발휘할 수 있다고 여겼다.

익스퍼트 상급!

무려 그 수준에 달하는 괴력이 내부에 깃든 것이다.

'어쩌면 그 이상일지도.'

놀라운 건, 그 혼자만이 아니라 같은 데마른의 요원들 역시도 이 같은 현상을 보이고 있다는 점이었는데, 이는 조직에서 행한 특수실험 덕분이었다.

'부작용이 있을 수도 있다고 했었지.'

그런 이야기가 나왔다는 건, 거의 확실하다는 의미이기도 했다. 하지만 크게 개의치는 않았다.

이번 임무는 제국의 중앙을 치는 일이었다. 목숨을 걸어야 하는 임무였다. 애초에 그들의 임무 자체가 위험한 일의 연속이었으나, 이번 임무만큼 죽음과 가깝다고 여기는 임무는 없었다.

그런 만큼 이 강대한 힘은 여벌의 생명이라고 해도 과언이 아니었다. 그 값으로 부작용을 치러야 하겠으나, 충분히 감당할만한 가치가 있었다.

게다가 너무도 강대한 힘 덕분에 오히려 각오를 굳힐 수도 있었다.

제국의 중앙에서 행하는 임무이지만 그 성공률이 낮다고 여겨지는 않았다. 그들 데마른의 요원들 외에도 조직의 다른 부대들도 함께 행동하고 있다는 걸 아는 까닭이었다.

각 부대 간의 혼선을 막기 위하여 일정량의 정보는 주어졌는데, 이를 통해 파악한 바로는 네 자릿수에 달하는 요원들이 투입되었다는 걸 알 수 있었다.

그들 전부가 특수 실험으로 인해 지닌바 능력의 한계를 넘었다는 것 역시 알았다.

제국이 자랑하는 3대 기사단과도 충분히 정면승부가 가능하다고 여길 정도의 전력이었다.

이 정도라면 제국 중앙을 휘저어놓기에 충분했다.

'실패?'

생각지도 않는 단어였다.

❖

〈너에게 맡기마.〉

그 한마디를 끝으로 결국 가버렸다.

"으음…."

신음성이 절로 새나왔다. 왜 그를 막지 못했을까? 뒤늦은 후회가 밀려들었다.

왠지 어깨가 무거워진 느낌에 괜히 목을 풀어봤으나, 무게감은 여전히 어깨에 남아있었다. 이내 그 묵직함이 위치변화로 인한 압박감이라는 걸 깨달았다.

그레이브의 수장!

이제는 그가 새롭게 조직을 이끌어야만 하는 위치에 서게 된 것이다. 가면사내는 아랫입술을 질끈 깨물며 운트를 떠올렸다.

〈한 번 부작용이 시작되니까. 제정신을 유지하는 게 쉽지가 않네. 나는 아무래도 여기까지인 모양이다.〉

운트가 쓰게 웃으며 내뱉던 이야기에 말문이 턱 막혔다. 충분히 그의 계획대로 활동이 가능할 터인데, 왜 벌써부터 손을 놓으려고 하는가.

〈고생 좀 하면 어떻게 버틸 수야 있겠지. 하지만 나 때문에 네 계획이 어그러질 거다.〉

대화를 나누는 그 순간에도 끊임없이 미쳐가고 있다며, 차라리 지금처럼 조금이라도 더 정신이 맑을 때, 마지막을 보내고 싶다면서 수도로 향해버렸다.

제국 내부에서 그가 활동하도록 하는 건 분명 계획에 있었다. 하지만 표면적으로는 연합 왕국과 함께하는 그림을 그리고 있었기에, 지금과 같은 행동은 전혀 반길만한 것이 아니었다.

하지만 그럼에도 불구하고 막지 못했다.

'막을 수… 없었지.'

그의 눈빛에서 완고한 의지를 읽은 까닭이었다.

〈명색이 조직의 수장인데, 애들만 보낼 순 없잖냐. 하하핫!〉

광기에 물들기 전, 간혹 보여주던 그 호쾌한 웃음을 마지막으로 남긴 채, 그는 제국의 수도로 향했다.

갑작스레 맡게 된 그레이브의 수장직이었으나, 문제 될 건 없었다. 이미 오래 전부터 그가 도맡아서 이끌던 조직이었기 때문이다.

하지만 그럼에도 불구하고 운트의 존재가 아쉬운 건, 그가 지닌 정통성을 무시하기가 어려운 까닭이었다.

"후우…."

왠지 머리가 지끈거리는 느낌에 양 미간으로 손이 갔다.

◈

전쟁이 한창이라는 말이 어색할 만큼, 제국 수도로 향하는 사람들의 행렬은 길게 이어져 있었다.

이런 크라베스카의 정문 행렬을 보고 있노라면, 과연 지금껏 한 행위들이 무슨 의미가 있었나 싶은 기분이 들 정도였다.

그렇기에 이번 임무가 중요하다는 생각을 했다.

"애들은?"

운트는 사람들의 행렬을 잠시간 감상하다가 옆을 향해서 물었다. 그와 비슷한 체구의 덩치가 정중히 답을 해왔다.

"오전 중으로 전부 투입되었습니다."

고개를 끄덕이던 운트가 함께하는 거구에게로 시선을 돌렸다.

과거, 그의 부친이 그를 위해 붙여줬던 호위로써, 오랜 시절 함께해 온 형제와도 같은 사내였다.

"페르만."

사내의 이름을 불러봤다.

"예. 주군."

즉각 반응이 왔다. 오랜 시간을 함께 했건만, 여전히 딱딱하기만 한 사내의 태도에 웃음이 나왔다. 저 역시도 사내의 애정표현이라는 걸 아는 까닭이었다.

일관된 자세로써 그를 대하는 게 사내 페르만이 내비칠 수 있는 최고의 애정이었다.

"정말 함께 할 생각이냐?"

이 길의 끝에는 죽음밖에 없었다. 실험으로 강화된 병사들이 함께 한다고는 하나, 상대는 대 제국 칼레이드의 중앙이었다.

"주군의 뒤는 제가 지키겠습니다."

당연하다는 듯 튀어나온 페르만의 대답에, 운트의 입 꼬리가 올라갔다.

한동안 가면사내의 뜻에 의해 다른 임무에 투입되면서, 제법 떨어져있던 시간이 있었건만, 그럼에도 불구하고 그는 변함이 없었다.

"고지식한 놈."

고개를 절레절레 흔든 그가 전방으로 시선을 보냈다. 어느새 제국의 정문이 코앞이었다.

◈

하루가 다르게 회복되어가는 기사들을 보고 있노라면,

확실히 뿌듯한 마음을 감추기가 어려웠다.

'내가 직접 치료를 해서 그런가.'

아무래도 그런 이유가 크게 작용한 것 같기는 했다.

'기사가 치료술이라니.'

확실히 지금 이 상황이 조금은 뜬금없기는 했다. 그렇지만 나쁜 기분이 아니기에 웃을 수 있었다.

"뭘 그렇게 실실 웃고 있냐?"

문득 들려온 음성에 시선이 돌아갔다. 어느새 다가온 것일까?

"선생님."

그의 스승인 제튼이 곁에 서 있었다.

"수업가는 길이냐?"

제튼의 물음에 쿠너가 고개를 끄덕이며 답했다.

"예. 케빈도 듣는 수업인데, 참관하실래요?"

"됐다."

그리고 이어진 내용이 황당했다.

"수업 제껴라."

"…예?"

순간 잘 못 들은 줄 알았다. 하지만 재차 이어진 제튼의 이야기는 그의 청각이 멀쩡하다는 걸 증명해줬다.

"땡땡이치라고."

"파견이기는 해도, 저 여기 교직원입니다."

"무게 잡기는. 쯧! 학생만 땡땡이치란 법 있냐. 사정이 생기면 선생도 수업 제낄 수 있는 거다."

쿠너의 표정이 살짝 굳어졌다. 제튼이 이렇게까지 이야기를 하는 건, 그만한 이유가 있다고 여긴 까닭이었다.

"무슨… 일입니까?"

조심스런 그의 물음에 대한 제튼의 답이 또 의외였다.

"설욕전 해야지."

이건 또 무슨 말일까? 의문 가득한 눈빛으로 바라보고 있자, 제튼이 슬쩍 한 단어를 꺼내들었다.

"그레이브."

그 순간 쿠너의 머릿속으로 한 사내의 얼굴이 그려졌다. 커다란 덩치가 인상적이었던 사내.

'운트!'

그의 이름을 떠올리며 제튼을 향해 물었다.

"온 겁니까?"

제튼이 고개를 끄덕이며 시선을 돌렸다.

"이제 막 들어왔네."

정확히 수도 정문 방향이었다. 쿠너의 시선이 그와 같은 방향으로 향하던 그 순간,

콰아아앙!

거대한 굉음이 수도 저편에서부터 날아들었다.

그것은 너무도 갑작스럽게 일어났다.

콰아아앙!

그리고,

콰앙! 꽝! 콰아아앙!

동시다발적으로 발생했다.

"꺄아아악!"

"뭐야? 무슨 일이야?"

수도 전역에 걸쳐 터져 나온 굉음과 함께, 곳곳에서 울려 퍼지는 비명성이 상황의 심각성을 말해줬다.

"시작이 화려하군."

운트는 사방에서 흩날리기 시작한 광기의 잔재들을 온몸으로 만끽하며 전방으로 시선을 던져 보냈다.

수도 전역 어디에서건 한 눈에 보이는 목적지가 저 앞에 세워져 있었다.

사자의 탑!

저 탑 주변이 그가 바라던 장소였다.

황궁 브레이브!

어쩌다보니 기존 계획을 한참이나 앞당겨 이 자리에 서 버렸으나, 그래도 나쁘지는 않았다.

'마지막을 장식하기에는 최고의 무대지.'

입 꼬리가 살짝 올라갔다.

쾅! 꽝! 콰아앙!

"꺄아아악!"

"끄아아아아악!"

여전한 폭음과 비명성이 귓전을 어지럽게 뒤흔들었으나, 마치 감미로운 음악이라도 듣는 것 마냥, 그의 얼굴은 부드러운 미소로 가득 채워져 있었다.

'원수들의 피와 비명으로 죽음을 장식하리라!'

언제고 그가 했던 다짐을 재차 되뇌며 걸음을 내딛었다.

"가자!"

그의 짧은 한마디에 페르만이 짧게 고개를 숙여 보이며 앞장을 섰다.

　　　　　◈

제국의 중앙이라 불리는 수도 크라베스카를 습격?

그 누구도 상상치 못한 상황이었다. 앞서 카이스테론 아카데미를 비롯한 아카데미 습격사건이 있기는 했다. 하지만 그건 말 그대로 '아카데미'를 목표로 잡은 것이라고 볼 수 있었다.

하지만 이번 습격은 '수도 크라베스카'를 습격대상으로 잡은 것이다.

콰아아앙!

수도 전역에 걸쳐서 이뤄지는 이 장대한 폭음이 그 증거
였다.

"건방진 놈들!"

대마법사라고 불리는 한편, 제국 중앙의 마도국을 총괄
하고 있는 '세나인 바르아난' 은 이를 갈며 창밖을 바라봤
다.

갑작스레 수도를 뒤흔드는 폭음의 정체를 아는 까닭이
었다.

마법!

그 정확한 내용까지는 알 수 없었으나, 느껴지는 마나파
동으로 인해 마법적인 폭발이라는 것 정도는 파악 가능했
다.

"감히!"

그가 머무는 이곳, 이 장소에서 마법으로 사건을 일으켰
다는 게 불쾌했다.

이미 앞전에도 괴상한 암흑마력에 수도가 타격을 당했
던 일이 있었다. 물론, 그 사건은 너무도 갑작스럽게 나타
나 뜬금없이 사라져버린 까닭에, 그들 마도국 외에는 아는
이들이 없어, 조용히 넘어가버린 사건이기도 했다.

어쨌든 지난 사건으로 인해 수도에 걸려있는 마법결계
를 한층 강화하는 작업을 시행했고, 또 시행하는 중이었다.

아직 완성된 건 아니었으나, 충분히 강화되었다고 볼 수 있건만, 그런 장소에서 마법적인 폭발이 일어난 것이다.

꽈과과광! 꽈르릉…

그것도 이처럼 동시다발적으로 발생했다는 건, 마도국 장의 체면이 엉망으로 짓뭉개지는 것과 같았다.

자존심이 구겨졌다는 생각에 얼굴이 붉게 달아오른 그가 창밖으로 몸을 날렸다. 이미 마도국 전체에는 비상종이 울리고 있었다.

◆

꽈아아아앙!

멀지 않은 곳에서 폭음이 터져 나왔다. 하지만 이미 소란의 시작 이전부터 사건의 발생을 짐작했다. 예감했다.

그리고 '그들' 모두가 동시에 시선을 맞췄다.

'전쟁이다!'

하나 된 마음으로 눈을 번뜩이는 '그들'의 등 뒤로 하얀 수증기가 일렁였다.

"몸만 풀다보니, 실전감각이 좀 떨어지는 것 같았는데."

"타이밍 끝내주네."

일제히 무기를 짚어들었다.

"가자!"

마치 한 마음이라도 된 듯, 동시에 그리 외치며 걸음을
내딛었다.

대공의 기사!

그 최초의 투귀들이 '밖'으로 향했다.

◈

수도 곳곳에 설치된 마법장치에서 불길이 뿜어져 나왔
을 때, 로이덴은 그 화끈한 열기에 깜짝 놀라야만 했다.

'이렇게 위험한 거였어?'

물론, 대략적인 주의사항을 듣기는 했지만, 그렇다고는
해도 이처럼 강렬한 마법장치를 품안에 들고 다녔다는 생
각을 하니, 절로 등골이 오싹해졌다.

괜히 심장 어림을 쓰다듬게 되는 건, 그 부근에 장치를
담아두고 있던 까닭이었다.

애써 놀란 가슴을 달래며 주변으로 시선을 돌렸다. 갑작
스런 폭발에 건물이 무너지고 잔해가 흩날리며 비명성이
널뛰고 있었다.

그들이 원하던 분위기가 형성된 것이다.

스릉…

품에 고이 담아두었던 검을 조심스럽게 뽑아들었다. 짧은
단검이었는데, 그 가벼운 느낌에 조금은 아쉬움이 남았다.

'아무리 그래도 그렇지. 무기는 현지조달이라니. 쯧!'

짧게 혀를 차며 불만을 표하는 찰나, 저 앞으로 무기 조달자들이 다가오는 게 보였다.

수도 크라베스카의 수비군들이었다. 비쳐지는 기세가 제법 잘 단련되어 있었으나, 지금 그의 상대는 아니었다.

실험을 통해 한계치 이상의 힘을 허락받은 상태였기 때문이다. 저 정도 소규모 부대는 홀로 처리가 가능할 정도로 강화된 상태였다.

어느새 수비군이 다가왔고, 순식간에 거리는 제로가 되었다. 하지만 아직까지 특출난 행동을 하지 않았기에, 별다른 의심 없이 그를 지나쳐가고 있었다.

그 순간, 소매로 가려두었던 단검을 움직였다.

서걱!

짧은 소성과 함께 내달리던 수비군 한명이 덜컥 앞으로 고꾸라졌다. 이 갑작스런 상황에 다른 수비군이 걸음을 멈추며 의문을 내비칠 때, 로이덴의 단검이 본격적인 광기를 뿜어내기 시작했다.

❖

폭음이 터지는 순간, 이미 몸은 움직이고 있었다. 방향은 대충 짐작 가능했다.

스승의 시선이 향하던 곳으로 가면 될 터였다. 게다가 꽤 그럴싸한 힌트도 있었다.

〈이제 막 들어왔네.〉

그 내용을 곱씹어보니 어디로 가야 하는지를 깨달았다.

'정문!'

훌쩍 건물을 뛰어넘으며 발길을 재촉하는데, 발 아래로 괴상한 그림자들의 움직임이 비쳤다. 수도 수비군이 저들의 손아래 무참히 쓰러지는 게 보였다.

'저놈들.'

대번에 사건의 주범들이라는 걸 알 수 있었다.

사사사삭!

허공중에 그의 검이 서늘한 궤적을 그렸다. 동시에 다섯의 습격자가 허물어졌다. 상황이 상황인 만큼 손속에 자비를 두지는 않았다.

'다섯이라고?'

그럼에도 불구하고 그의 검격이 목표한 바를 이루지 못했다.

총 열 번의 검격을 날렸건만, 겨우 절반만 그의 검격에 넘어간 것이다.

실패한 다섯의 목표물들이 그를 향해 시선을 던져왔다.

'강자!'

시선이 마주한 순간, 저들이 그의 생각보다 높은 위치에 있는 자들이라는 걸 깨달았다.

'제국 수도를 습격할만한 수준은 된다는 건가.'

묵직한 긴장감이 어깨를 짓눌러왔다. 어느새 늘어난 것일까? 다섯이던 시선의 숫자가 무려 스물이 되어 있었다.

'만만한 놈들이 없네.'

정문까지 가는 길이 생각보다 쉽지 않다는 생각에 뒷목이 뻐근해져왔다.

"목표를 정했으면 쭈욱 달렸어야지."

그 순간 등 뒤에서 날아든 음성에 눈이 번쩍 뜨였다.

"선생님. 으헉!"

반가운 목소리에 뒤를 돌아보다, 바로 지척에 있다는 사실에 기겁하며 물러나야만 했다.

"기… 기척 좀 내고 움직이시죠. 선생님."

당혹감에 그리 말하니 따끔한 타박만 쏟아질 뿐이었다.

"기… 기감 좀 수련 하시죠. 제자님."

말투까지 따라하는 게 영락없이 놀리는 모양새였다. 이런 두 사람의 여유 넘치는 분위기와 달리, 주변을 둘러싼 공기는 한층 딱딱하고 무겁게 변해가고 있었는데, 이는 제튼의 등장으로 인한 여파였다.

마치 전설 속 공간이동을 생각나게 하듯, 인식하기도 전에 동공의 안쪽에 자리한 제튼의 음영이 그들을 당혹하게

한 것이다. 때문에 더욱 긴장하며 의지를 다잡게 만들고
있었다.

"가 봐."

제튼이 가볍게 쿠너의 등을 떠밀었다.

"허억!"

그 순간 쿠너의 신형이 쭈욱 밀려났다. 마치 화살이 쏘
아지기라도 한 듯, 매서운 속도로 날아가는데, 그 방향이
정확히 수도의 정문 쪽이었다.

순식간에 멀어져가는 쿠너의 모습을 잠시간 바라보던
제튼이 주변으로 시선을 돌렸다. 어느새 오십에 가까운 숫
자가 그를 중심으로 모여들고 있는 게 보였다.

가만히 그들을 지켜보던 제튼이 짧게 고개를 끄덕였다.

'그런 거였나.'

지근거리에서 직접 확인하고 나자, 저들의 정체에 대한
확신을 가질 수가 있었다.

'운트라고 했던가.'

그에게 행해졌던 것과 비슷한 종류의 실험이 저들에게
도 닿아있음을 알았다.

"하루살이들이었을 줄이야."

목숨을 담보로 한 습격이라는 걸 알고 나자, 괜히 눈살
이 찌푸려졌다. 애초에 제국 수도에 침입한 것 자체가 목
숨을 내놓은 일이겠으나, 저들의 태도는 살아나갈 의지가

없다고 봐도 과언이 아니기에, 더욱 입맛이 쓴 것이다.

"쯧!"

짧게 혀를 차는 그 순간이었다.

스악!

날카로운 예기 하나가 그를 향해 뻗어왔다. 뒤편에서부터 날아든 은밀한 암습이었는데, 그 신속한 일격은 깨닫는 순간 이미 제튼의 목에 닿아있었다.

까앙!

그와 동시에 울려 퍼지는 쇳소리가 모두의 동공을 자극했다.

"왜? 안 베어져서 놀랐어?"

제튼이 슬쩍 돌아보며 그리 물었다. 암습자의 눈빛이 '그렇다'고 말하는 것 같았다. 대답 대신 그 안면에 묵직한 일격을 선사해줬다.

빠악!

단 일격에 그 숨이 끊어졌다. 이 말도 안 되는 상황에 다른 습격자들의 움직임이 경직되는데, 이는 암습자가 그들 중에서도 손에 꼽히는 실력자라는 걸 아는 까닭이었다.

제튼이 굳어있는 습격자들을 향해서 말을 이었다.

"나도 놀랐다. 이런 미친 또라이짓을 하는 놈들이 무려 천 명이 넘는다니. 쯧!"

괜히 짜증이 치밀었다. 검결지 대신 주먹을 앞으로 내세웠다. 잠시 후, 답답한 가슴을 달래기 위한 주먹질이 시작되었다.

◈

갑작스런 폭음에 수도 수비군을 비롯하여, 각 기사단들이 바삐 움직임을 개시한 것과 달리, 황궁 브레이브는 생각보다 고요한 모습을 보여주고 있었다.

마치 바깥의 상황을 모른다는 듯, 그들의 일상에는 이렇다 할 변화가 보이지 않았다.

'이미 준비는 끝났으니까.'

황제는 수도 전역의 모습을 한 눈에 내려다 볼 수 있는 장소, 사자의 탑 꼭대기에 올라, 전에 없이 싸늘한 눈초리를 내비치고 있었다.

곳곳에서 들려오는 비명성이 그녀의 귓전을 따갑게 두드렸다.

"굳이 이렇게까지 해야 했나요?"

누구에게 하는 질문일까?

"…오라버니."

지금의 자리에 앉게 된 뒤로는 입에 올리지 않았던 단어를 슬쩍 꺼내들었다.

한창 복귀중일 마르셸론 공작의 모습을 떠올려봤다. 동시에 어릴 적 그 온화하던 오라비의 웃음이 함께 그려졌다.

더는 볼 수 없는 그 미소를 한 번쯤은 더 보고 싶었으나, 이제는 그럴 기회가 사라져버렸다.

콰아아앙!

여전히 이어지는 폭음이 그녀의 귓가로 파고들었다.

"부디, 이 모든 사건이 오라버니와 관련이 없었으면 좋겠네요."

하지만 결코 그럴 수 없다는 걸 알았다. 그녀 주변으로 날씨에 어울리지 않는 차가운 서리가 내려앉고 있었다.

✦

얼마나 걸었을까? 앞을 가로막는 이들이 생겨났다. 이에 검을 뽑아 베어버렸다. 당연하게도 막아서는 이들의 숫자가 늘어났다.

이 역시 가차 없이 베었다.

순식간에 피의 길이 완성되며, 지나온 자리마도 붉은빛 발자국을 선명히 남겨두고 있었다.

제대로 된 피맛을 본 까닭일까? 괜스레 가슴이 일렁이는 기분이 들었다. 이 느낌을 잘 알고 있었다. 억눌러놨던 광기가 해방되려 하는 것이다.

평소라면 막아야만 했으나, 오늘 이 순간, 지금 이 자리에서는 굳이 그럴 필요가 없었다.

'오히려 해방시켜야겠지.'

그 생각과 눈가에 붉은빛이 차오르며, 세상이 핏빛으로 물들어갔다. 아찔한 그 감각에 흠뻑 빠져들려는 찰나였다.

"운-트!"

한 줄기 청명한 음성이 그를 깨우며 다가왔다. 핏빛 세상에 어렴풋이 새로운 색채가 끼어드는 게 보였다.

그 홀로 푸른빛을 머금은 사내였다.

'쿠너!'

앞전의 인상적인 만남 덕분인지, 단번에 그 정체를 깨달았다.

"설욕전이라도 치르러 왔나?"

웃으며 그리 묻자, 언뜻 발끈한 표정으로 사납게 달려드는 것이 보였다.

쫘르르릉!

두 사내의 2차전이 시작되었다.

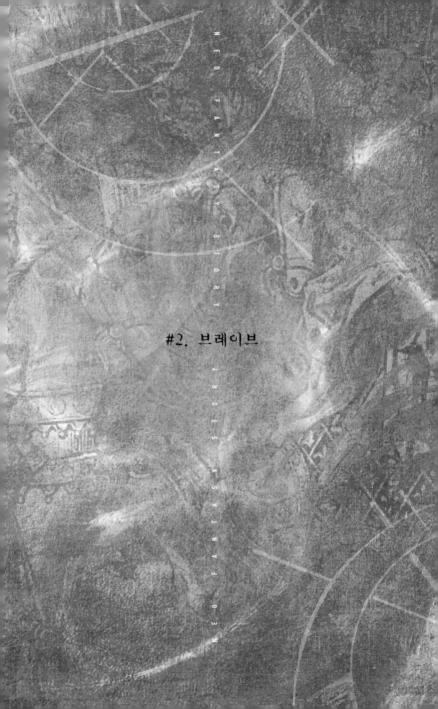

#2. 브레이브

#2. 브레이브

전쟁영웅 브라만 대공!

그의 존재로 인해 제국의 기사들은 대륙 최강이라는 명성을 얻을 수 있었다.

전쟁을 지배하던 대공의 기사들이 보여주던 그 가공할 능력이 이런 관념을 만들어준 것이다.

하지만 그것도 대공이 존재하던 무렵까지의 일이었다. 그가 사라지고 귀족들의 목소리가 조금씩 커지기 시작할 즈음에는 어느새 과거의 잔재가 튀어나오며, 제국 기사들의 수준에 균열이 일어나게 되었다.

어찌 보면 당연한 일이었다. 제국의 3대 기사단이라 불리는 정예중의 정예를 갈라놓고, 대공이 없는 틈을 타 조

71

금이라도 전력을 키우고자 사병을 키우는 상황이었다.

조금은 부족하다 여길지라도 받아들이는 경우가 허다했다. 물론, 과거 왕국시절에 비한다면야 여전히 월등하다 할 만한 수준이었으나, 대공이 있던 시절과 비교한다면, 그 격이 떨어졌다는 걸 인정해야만 했다.

"애초에 그렇게 되도록 만든 것이니까."

마르셀론 공작은 저 멀리 서쪽의 하늘을 바라보며 그리 중얼거렸다. 갑작스런 그의 혼잣말에 호위하던 기사들의 의아한 얼굴로 그를 바라봤으나, 굳이 무어라 말을 건네지는 않았다.

사색에 빠진 듯 보이는 그의 모습에 침묵을 지켜야 한다고 여긴 까닭이었다.

이런 주변의 분위기 덕분에 마르셀론 공작은 느긋하게 자신의 세계에 빠질 수가 있었다.

'그레이브에서 어디까지 할 수 있으려나.'

현재, 수도가 어떤 상황인지 충분히 짐작하고 있었는데, 이는 그 역시도 이번 계획의 일부이기 때문이었다.

'…실패하지는 않겠지.'

그들, 그레이브가 해야 할 일을 떠올려봤다.

황궁 브레이브!

'과연, 그곳의 벽을 허물 수 있으려나.'

저들의 저력은 충분히 알고 있었다. 하지만 그럼에도 불구하고 아직은 의심을 하게 된다.

아무리 격을 낮췄다고는 하나, 그래도 제국의 기사들이었다. 그리고 사건이 벌어지는 장소는 제국 기사들의 심장부였다.

당연한 불안감이었다.

"믿어야겠지…."

그것 외에는 달리 방법이 없었다. 때문에 이리 중얼거리며 감정의 균열을 덮어야만 했다.

시선이 재차 서쪽 하늘로 뻗어갔다.

그 아래로 목적지가 있기에, 시선은 쉬이 떨어질 줄 몰랐다.

❖

예상치 못한 만남이었다. 계획의 완성을 위해, 목표물만을 바라보고 있던 까닭일까? 이토록 자극적인 존재를 잊고 있었다.

때문에 웃음을 참기가 어려웠다.

"크하하하!"

그래서 크게 폭소를 터트리며 힘껏 주먹을 휘둘렀다.

꽈르르릉!

거친 천둥성과 함께 전방으로 거대한 폭풍이 몰아쳤다.

그 폭풍에 닿은 건물이 부서지고 흩어지는 게 보였다. 하지만 정작 그 폭풍이 목표로 한 존재는 멀쩡하기만 했다.

서걱!

멀쩡한 정도가 아니라 오히려 이 거친 폭풍을 갈라버리는 괴력까지 발휘하고 있었다.

"쿠너!"

사내의 이름을 입에 올리며 재차 주먹을 내던졌다. 재차 폭풍이 몰아치며 전방을 어지럽혔다.

"운트!"

폭풍을 가른 사내, 쿠너 역시도 상대의 이름을 입에 담으며 재차 검을 그었다. 조금 전과 같은 현상이 일어나며 기운이 사방으로 흩어지는 게 느껴졌다.

그 여파로 주변 일대가 격한 진동을 일으켰다.

폭풍이 치고 흩어지고, 치고 흩어지고, 그렇게 몇 번을 반복했을까. 어느 순간을 기점으로 그들의 간격이 급속도로 줄어들었다.

그리고 약속이나 한 듯, 근접거리에서의 박투술이 이어졌다.

이미 한 차례 서로를 경험한 적이 있는 까닭일까? 그들은 각자가 경계해야 할 부분을 알고 있었다.

'잡아야 한다!'

운트는 쿠너의 날랜 움직임을 떠올리며, 어떻게든 그를 움켜쥔 채 승부를 보려 했다.

'정면 대결은 안 돼!'

이와 반대로 쿠너의 경우에는 운트의 강철 같은 육신을 알기에 정면으로 부딪치는 걸 피하고자 했다.

물론, 그렇다고 해서 근접 박투술을 회피하는 건 아니었다. 잡히지 않은 채, 최대한 타격을 주고자 바삐 움직이며, 그의 전신을 요격하고 있었다.

지근거리에서는 오히려 검이 방해가 될 거라 여길 수도 있겠으나, 쿠너는 검날의 예리함과 검면의 단단함을 이점으로 살린 검투술을 앞세우며, 이러한 관념을 통째로 무너트렸다.

요리조리 피하며 쉴 새 없이 전신을 치고 빠져대니, 운트로써는 자연스레 열불이 날 수밖에 없었다.

그 때문일까? 쿠너의 등장과 함께 밀려들었던 맑은 공기에, 잠시 깨어났던 정신이 다시금 침식당하기 시작했다.

"죽인다!"

순간, 잠재워놨던 광기가 폭발하며 저돌적인 몸통박치기가 이어졌다. 하지만 이미 이런 상황을 대비하고 있던 덕분인지, 쿠너는 무리 없이 피할 수 있었다.

"크윽!"

하지만 깨끗한 회피는 어려웠던지, 짧은 통증을 느껴야만 했다. 이는 광기의 폭발로 인해, 순간적으로 가속이 더해진 운트의 움직임까지는 짐작하지 못한 까닭이었다.

'빨라졌어?'

쿠너의 두 눈에 경계심이 더해졌다. 속도뿐만이 아니라, 밀려드는 기세도 일변했음을 느낀 것이다.

'미친!'

욕설이 목구멍까지 올라왔다. 이미 더 올라갈 수 없다고 여겼던 기운이건만, 거기서 한 걸음 더 나아간 것이다.

기운만 놓고 보자면 결코 대적불가의 상대라는 걸 새삼 깨닫는 순간이었다. 운트가 사납게 주먹을 던져오는 게 보였다.

〈적은 힘으로도 충분히 큰 힘을 제압할 수 있다.〉

스승의 가르침을 되뇌며 다가오는 거력에 맞섰다.

꽈르르릉!

비켜냈음에도 짜릿한 충격파가 전신을 두드리고 지나갔다. 그 강대한 여파가 등 뒤를 어지럽히고 있다는 걸 발달된 감각으로 알 수 있었다.

이를 채 인지할 틈도 없이 운트의 연격이 이어졌다. 조금 전과 같은 지근거리의 박투술이었으나, 앞서와 달리 회피가 쉽지 않았다.

"크읍!"

절로 신음성이 새나올 만큼 스쳐가는 권격의 여파가 저릿저릿했다.

'그렇다고 질 수는 없지!'

이를 악 물며 각오를 다졌다.

페르만은 두 절대자의 충돌을 뒤로한 채, 애써 떨어지지 않는 발걸음을 뗐다

마지막 순간까지 운트의 곁을 지키겠다고 결심했으나, 운트가 그 '마지막'을 들먹이며 명령을 내린 까닭에, 이처럼 그의 곁에서 멀어져야만 했다.

〈내 역할을 대신해다오.〉

쿠너 덕분에 잠시간 정신을 차린 운트가 그리 명령을 한 것이다. 상대의 강함을 알기에 페르만에게 뒤를 맡길 수밖에 없었다.

대결을 피할 수도 있었다. 하지만 광기에 이미 빠져버린 까닭인지, 그의 본능은 피 튀기는 전투를 원하고 있었다.

게다가 상대는 앞서 그를 자극했던 강자였다. 피하고 싶지 않았다.

때문에 페르만에게 그의 역할을 떠넘기게 된 것이다.

'주군…'

두 눈을 질끈 감으며 운트와 쿠너의 전투를 외면했다. 실험의 부작용에 변해버린 모습을 보고 있자면, 이곳을 떠나기가 어려운 까닭이었다.

운트의 호위로써 살아왔다고는 하나, 어린 시절부터 함께 해 온 까닭일까? 이제는 마치 형제처럼 여겨지는 사이였다. 친 혈육이 남아있지 않는 탓에, 더욱 소중히 여기는 인연이었다.

그렇기에 운트의 마지막 모습에서 선뜻 눈을 떼기가 어려웠다.

하지만 바로 이런 이유로 인해서 그가 운트를 대신할 수 있는 것이기도 했다.

다른 이들은 모르고 있으나, 형제처럼 자란 그들이기에 서로를 너무도 잘 알았다. 때문에 운트는 그가 숨겨온 비밀을 이미 간파했을 터였다.

별의 영역!

그 영광된 자리에 운트처럼 실험이 아닌, 순수하게 그 개인의 능력으로 경지에 오른 것이다.

그 때문일까?

이번 임무에서 유일하게 그 혼자만이 실험을 받지 않은 상태였다. 가면사내에게는 호위임무로 복귀한다는 명분으로 참여를 허락받을 수 있었다.

애초에 그쪽이 그의 본분이기에 가면사내도 무어라 제

지할 수 없기도 했다.

운트를 뒤로 하고, 전방의 목적지에 시선을 고정시켰다.

'사자의 탑!'

이 모든 사건의 원흉이 사는 곳, 아니 살던 곳으로써, 이곳 제국의 심장부라 불리는 장소가 저 아래에 있었다.

오로지 목적지만을 바라보며 걸음을 재촉했다.

◈

별의 영역? 마스터? 초인?

그런 단어들이 쉴 새 없이 뇌리를 지배했다. 하지만 이내 그것만으로는 부족하다고 느꼈는지 모든 내용들이 깔끔히 지워졌다.

새하얗게 백지가 되어버린 공간에 새로운 단어들이 짜맞춰지기 시작했다.

'하늘에 닿은 자!'

이내 떠오른 단어가 충격적이었다.

그랜드 마스터!

별의 영역 그 너머에 존재하는 자. 그것 외에는 마땅히 떠오르는 답이 없었다. 하지만 막상 완성시킨 단어를 입 밖에 내뱉지는 못했다. 너무도 말이 안 되는 까닭이었다.

'설마…이 사내가 대공이라도 된단 말인가?'

그럴 리가 없다고 여겼다. 우선 외형부터가 다르지 않은가. 대공의 상징이라고 할 수 있는 검은 머리와 눈동자는 어디로 갔는가. 아예 그런 흔적조차도 보이질 않았다.

'착각'이라는 단어가 머릿속을 새롭게 지배하려 들었다. 하지만 이내 상대의 막강함을 떠올리자, 그 새로운 단어가 말끔히 지워졌다.

그들, 그레이브의 습격자 일백명을 홀로 막아내고 있는 사내의 무력을 보라. 어찌 착각이라는 단어 따위로 왜곡하려 할 수 있겠는가.

하나같이 실험을 통해 한계 이상의 능력을 끌어내게 된 이들이었다. 충분히 정예라는 말이 부족하지 않은 실력자들인 것이다.

막아낸다? 그런 말로도 부족한 게 현재의 상황이었다.

단 한명도 죽어나간 이가 없었다. 오로지 달려들고 튕겨나가고 자빠지고 허물어질 뿐이었다. 그저 제풀에 지친다는 말이 딱 어울렸다.

압도!

상대는 가공할만한 능력으로 그들을 '농락'하고 있었다. 실험을 통해 재탄생한 그들을 상대로 이 같은 여유를 부린다?

이는 마스터라 불리는 초인들도 불가능한 일이라고 여

겼다.

'상대… 정도는 할 수 있을지도 모르지.'

피 튀기는 전장으로 이끈다면, 마스터들도 충분히 그들을 감당할 수 있을 것이다. 하지만 상대는 그런 수준을 아득히 뛰어넘었다.

충분히 상대의 정체에 대해 의심해볼만한 상황이었다.

"대체, 당신은… 누구십니까?"

때문에 이리 물을 수밖에 없었다. 이에 사내가 어깨를 으쓱이며 입을 열었다.

"비밀이야."

짜증나는 답변이었으나, 그 화를 내비치지는 못했다. 아니, 내비칠 수가 없었다.

폭포수마냥 끝없이 뿜어져 나올 것 같던 내부의 기운이 어느새 자그마한 시냇물이 되어있던 것이다. 실험으로 증폭되었던 오러가 벌써 바닥을 드러내고 있다는 의미였다.

'괴물…'

그 막대한 양의 오러를 저토록 여유롭게 감당하는 사내의 모습에 입안이 바싹 마르는 느낌이었다.

습격자들의 긴장된 모습을 느긋이 바라보고 있는 사내, 제튼은 한 차례 고개를 끄덕이며 일백의 습격자들을 바라봤다.

'얼추 바닥을 보이고 있군.'

저들의 내부에 용솟음치는 기운이 어디까지인지, 격전을 통해 찬찬히 관찰하는 중이었는데, 지금 막 그 한계치를 잴 수 있었다.

'그 놈보다는 안정적이군.'

머릿속으로 운트라 불리던 사내가 떠올랐다. 그의 실험을 토대로 개량해낸 새로운 형태가 눈앞의 습격자들이라는 건 이미 알고 있었다. 단지, 그 실험의 수치를 확인하고자 이처럼 일을 복잡하게 이끌고 있는 것이었다.

일백명이나 되는 실험체들 덕분인지, 그들 하나하나의 반응을 살피며 실험의 내용에 대해서도 세세히 살필 수 있었다.

'개량을 시켰다고는 하지만… 그래도 결국 목숨으로 값을 치르는 건 변함이 없군.'

저들 내부에서 느껴지는 생명의 불씨가 점차 흐릿해지고 있는 게 느껴졌다.

회광반조(回光返照)!

죽음에 이르기 전, 잠시 잠깐 기운이 일어나는 현상을 말하는 것으로써, 아마도 저들은 이제 마지막 한 번의 폭발을 끝으로 그 생을 달리할 터였다.

이미 몇몇은 그 한계에 달한 것인지, 급속도로 숨소리가 거칠어지고 있는 이들도 있었다.

'그레이브라…'

이 정도까지 해야 할 만큼 그에게, 천마에게 원한이 있다는 생각을 하니, 괜히 마음이 무거워졌다.

어쩌면 그 무게감 때문에 저들을 일일이 상대해 준 것일지도 몰랐다. 하지만 그렇다고 해서 그 무게에 짓눌릴 생각은 없었다.

'그건… 전쟁이었으니까.'

비록, 그가, 천마가 침략자였다고는 하나, 저들의 왕국역시도 침략의지를 불태우며 전쟁에 응했었다.

천마는 말 그대로 도화선에 불만 붙였을 뿐이었다. 기름을 끼얹은 건 주변의 모든 왕국들이었다. 어찌 보면 당연한 일이었다.

동대륙에는 너무도 많은 왕국이 있었고, 그만큼 서로의영역에 대한 욕망이 넘쳐났다. 언제든 일어날 일이었던 것이다.

'뭐… 불을 붙였다는 것 자체가 문제기는 하지만.'

쓰게 웃은 제튼이 습격자들, 그레이브의 망령들을 향해손짓했다.

"들어와."

그 순간 약속이나 한 듯, 일백 망령이 죽음을 품고 달려들었다.

제국 기사들의 수준이 낮아졌다는 건 알고 있었다. 하지만 그렇다고 해도 그들이 제국의 기사라는 사실만은 변하지 않는다고 여겼다.

게다가 부족한 부분은 직접 이끌어주면 된다고도 생각했다.

충분히 그럴 실력이 있었고, 자신이 있었다. 하지만 이게 웬일? 막상 현실로 마주한 기사들의 수준은 그의 생각보다 한참이나 떨어졌다.

대번에 알 수 있었다.

'실전 경험이 부족해!'

아이언 기사단의 단장 '카리날 에이드만'은 딱딱하게 굳은 얼굴로 자신의 단원들을 바라봤다.

설마하니 그가 직접 가르친 단원들에게 이런 결함이 숨겨져 있을 줄은 몰랐다.

실전?

충분히 경험했다고 여겼다. 아카데미에서 뿐만 아니라, 기사단에 들어오기 전에도, 들어온 후에도 나름대로 경험을 시켰고, 또 시켜왔다.

하지만 지금 이 순간, 그간의 경험들이 거짓으로 꾸며진 '실전 아닌 실전'이라는 걸 깨달았다.

최소한의 안전책이 저들의 실전을 함께했다. 때문에 마지막 그 한순간의 벽을 저들은 경험하지 못한 것이다.

'좀 더 독하게 몰아붙였어야 하건만… 결국, 내 실수인가!'

아랫입술을 질끈 깨물며 전방을 바라봤다. 습격자로 보이는 이들이 그의 단원들을 압도하는 모습이 보였다.

두 눈으로 보고 겪으면서도 믿기 어려운 상황이었다. 이는 제국 기사들의 수준이 낮아진 이유도 있겠으나, 저들 습격자들의 수준이 생각 이상으로 높은 까닭도 컸다.

하지만 과거, 그가 아직 단원이던 무렵의 시절을 생각해 봤다. 단원들의 수준이 그 당시에 맞춰져있었다면, 이 정도로 압도당하는 일은 없었을 터였다.

"후우…."

답답한 마음에 깊게 한숨을 밀어낸 그가 검을 굳게 움켜쥐었다. 동시에 그의 전신을 두르고 있던 기세가 일변했다.

이를 느낀 것일까? 몇몇 단원들이 그를 돌아보는 게 보였다. 저들 역시 그와 마찬가지로 제국 전쟁을 경험한 적 있는 노련한 기사들이었다.

눈빛으로 대화를 나누듯, 잠시간 서로의 시선을 교차시킨 그들이 약속이나 한 듯 일제히 기세를 변화시켰다.

각오를 다지고, 결심을 한 것이다.

'죽음!'

그 생을 담보로 승리를 취하고자 했다. 아직 어린 단원들은 이들의 각오를 읽지 못한 듯, 여전히 습격자들에게만 정신이 팔려 있었다. 애초에 저들 젊은 기사들로써는 한눈을 팔 여유도 틈도 없었을 터였다.

오로지 노련한 경험의 조장급들만이 카리날과 함께 뜻을 모으며, 검 끝에 의지를 심고 있을 뿐이었다.

그리고 막 최후의 일검을 내던지려는 찰나였다.

"제법인데."

나직한 음성 하나가 끼어들며, 그들의 각오를 흔들었다.

짧은 한마디에 담긴 기이한 울림은 분명 평범한 것이 아니었다. 그들의 집중력이 흐트러질 정도의 특별한 기예라는 걸 알았다.

'누구?'

자연스레 시선이 돌아가며, 음성의 주인을 찾았다. 그리고 이내 두 눈을 동그랗게 떠야만 했다.

흑발에 흑안을 한 일단의 무리가 다가오고 있었다.

'설마…'

카리날은 제국 전쟁의 초기 무렵부터 활동했던 기사였다. 그만큼 많은 경험과 경력을 지니고 있는 까닭에, 지금의 위치에 올라설 수 있던 것이기도 했다.

그 덕분일까? 그는 다가오는 무리 속에서 몇몇 낯익은 얼굴들을 발견할 수 있었다.

"맙소사!"

그의 경악성에 선두에서 다가오던 흑발사내가 눈을 빛내며 시선을 맞춰왔다.

"우리를 아는 눈친데."

그 한마디로 인해 확신을 가질 수 있었다.

'정말로 그들이다!'

오래 전 기억이 떠올랐다.

〈고생했다. 애송아.〉

제국전쟁이 한창이던 무렵의 기억으로써, 그 속에는 저들 무리 중 몇몇의 얼굴이 끼어있었다. 위기의 순간에 구해졌던 까닭에, 오랜 시간이 흐른 지금도 제법 선명하게 기억할 수 있었다.

기억 속에는 저들의 얼굴 너머로 제국의 기사들이 동경해마지않는 '그' 역시 함께였다.

'브라만 대공!'

동경하는 '그'의 기사들이 다가오고 있었다. 저들은 그 영광스런 기사들 중에서도 제국전쟁의 전설에 그 첫발자국을 찍은 진짜배기들이었다.

"오랜만에 몸 한번 제대로 풀 수 있겠는데."

선두에 섰던 흑발사내가 그 말과 함께 웃으며 뒤를 돌아봤다. 이에 다른 사내들 역시 고개를 끄덕이며 웃어보였다.

스릉. 스릉. 스릉…

약속이나 한 듯, 흑발사내들이 일제히 검을 뽑아들었다. 그와 동시에 공간을 가득 메우는 아찔한 기백에 카리날의 신형이 잠시간 흔들렸다.

그가 이럴진대 다른 이들은 어떻겠는가. 몇몇 젊은 기사들은 휘청거리며 무릎을 꺾는 모습까지 보이고 있었다.

"요즘 애들 수준이 참… 가관이다."

선두의 흑발사내가 그 말과 함께 습격자들을 향해 고개를 돌렸다. 그들이 지배한 공간에서 저들만큼은 멀쩡한 모습으로 시선을 마주하고 있었다.

"확실히, 제법이야."

입 꼬리를 말아 올리던 그가 돌연 신형을 내던졌다. 그 순간 다른 흑발사내들도 일제히 전방을 향해 뛰어들었다.

한순간에 카리날과 그의 단원들은 뒷전이 되어버렸다.

하지만 그들 중 누구도 불만을 토로하지 않았다. 오히려 감탄과 탄성을 연발하며, 감격에 물든 눈빛으로 새로이 바뀐 전장을 바라 볼 뿐이었다.

제국 수도 곳곳에서 소란을 일으키던 그림자들 중, 그 일부가 한곳으로 모여드는 걸 느꼈다.

'브레이브!'

대번에 목적지를 알 수 있었다. 황궁을 향해 움직이는 것이다. 수도 내부를 정신없이 돌아다니며 소란을 일으키는 무리가 있는가 하면, 저처럼 한 장소만 바라보며 달려드는 이들도 있었다.

'이유가 뭘까?'

많은 생각을 하게 만들었다. 아직은 알 수 없었다. 하지만 대략적인 짐작은 할 수 있었다. 황궁에, 황실에, 황제에게 칼을 세우고 있다는 점이었다.

지금의 소란과 더불어 저들의 일치된 움직임을 통해, 얼마든지 예상할 수 있는 부분이었다. 물론, 이러한 통찰이 넓은 공간을 내려다 볼 수 있는 감각 덕분이라는 것 역시 숨길 수 없는 사실이었다.

검작공 오르카!

무려, 경계 너머에 닿아있는 그녀의 능력이 아니었다면, 이와 같은 예측은 어려웠을 터였다.

가만히 감각에 집중한 채, 찬찬히 수도의 상황을 살피던 그녀의 시선이 슬쩍 한쪽으로 향했다. 저 멀리 익숙한 건물이 눈에 들어왔다.

사자의 탑!

그곳 꼭대기에 서 있는 하나의 존재가 그녀의 시야와 감각 속에 잡혀들었다.

황제!

그녀는 저곳에서 대체 무엇을 하고 있는 것일까?

'여우같은 년!'

같은 황도의 하늘 아래에 살고 있으면서도, 그녀들은 결코 얼굴을 마주하는 일이 없었다.

대체적으로 오르카가 황제와의 만남을 기피하는 것이었지만, 황제도 은연중에 그녀를 피하는 태도를 보이고 있었다. 당연하게도 그녀들이 만나기란 어려울 수밖에 없는 것이다.

오르카가 황자의 검선생이라는 특수상황임에도 불구하고, 그녀들은 서로 마주치는 상황을 피하고 있었다.

그렇다보니 알지 못했다.

'저런 실력을 숨기고 있었다고?'

탑 꼭대기에 내려앉은 서리를 보았다. 한기를 느꼈다. 또한, 그녀 주변을 휘감고 있는 저릿한 기운도 깨달았다.

어찌나 통제를 잘하는지, 오르카로써도 그녀에게 집중하고 나서야 그 이질감을 알 수 있을 정도였다.

'그 망할 놈 짓이겠지.'

황제의 저 말도 안 되는 능력에 자연스레 떠오르는 얼굴이 있었다.

제튼 반트!

그 밖에 없었다. 그가 아니고서야 설명이 되지 않았다.

'젠장!'

괜히 가슴이 답답해졌다. 대륙의 주인으로 만들어준 걸로도 모자라, 저런 능력까지 선물해줬을 줄은 생각도 못했다. 때문에 더욱 속이 쓰린 것이다.

아마도 이건 질투라는 감정의 한 조각이리라.

"쯧!"

짧게 혀를 차내며 가슴을 달랬다. 자그마한 감정의 편린마저 떨쳐내고자, 다시금 수도에 들어온 망령들에게로 신경을 쏟았다.

'뭘 하려는 걸까?'

저들의 정확한 목적이 궁금해졌다. 동시에 이를 기다리듯 대기하고 있는 황제의 태도에도 의혹이 일었다.

잠시 후, 그림자들 중 일부가 황궁에 도달했을 때, 그녀의 의문 중 하나가 풀리는 사건이 발생했다.

콰아아아아앙!

거대한 폭음과 함께, 망령들이 산화하기 시작한 것이다.

"미친!"

격한 욕설이 그녀의 입술을 비집고 흘러나왔다.

◈

그것은 실험 중에 발생한 부작용의 하나였다. 하지만 이내 그 위력이 여느 고위 마법에도 부족하지 않다는 사실에, 혹시나 하는 마음으로 따로 정보를 남겨두었다.

'마력을 오러로 변환하는 와중에 발생하는 반발력이었지.'

가면사내는 부작용의 내용을 떠올리며 안색을 굳혔다. 이 부작용을 의도적으로 몸에 떠안고 황궁으로 달려가고 있을 요원들을 떠올린 까닭이었다.

위력을 더욱 증폭시키고자, 완성된 실험의 정보까지 투입해가며, 더욱 거대한 부작용을 이끌어냈다.

실험으로 주입된 마력과 기존의 오러 그리고 생명력까지, 이 세 종류의 기운이 한순간에 폭발하게 만들었다.

그 위력은 그야말로 가공하다 할 수 있었다.

'황궁 브레이브의 견고한 담장이라도 버틸 수 없겠지.'

고위 마법사들의 결계가 작용하는 황궁이었다. 그런 만큼 어지간한 마법으로는 흠집하나 나지 않을 정도였다.

사자의 탑과 더불어 또 다른 제국의 자존심이라 할 만한 건축물이 바로 황궁 브레이브인 것이다.

'그것을 허문다.'

이번 계획의 실질적인 시작은 거기에서부터였다.

◈

고위 마법사 '들' 이 힘을 모아 만들 결계였다. 때문에 쉬이 부서질 리가 없는 게 바로 황궁 브레이브의 외벽이었다.

헌데, 그런 단단한 성벽이 점차적으로 깎여나가는 게 보였다. 전설 속에나 나올법한 마법들을 대상으로 둔 채 완성시킨 결계가 그 힘을 잃어가고 있는 것이다.

'놀랍군!'

황제는 눈을 빛내며 성벽으로 뛰어드는 그림자들을 바라봤다.

'…그레이브.'

이미 습격자들의 정체에 대해서는 짐작하고 있었다. 저들이 무언가 계획을 하고 있다는 것 정도는 알았으나, 설마 저처럼 무모한 행동을 할 줄은 몰랐다.

물론, 그 행동의 결과물에도 적잖게 놀라 있었다. 설마하니 브레이브의 성벽이 무너지는 장면을 볼 줄이야. 상상도 못했던 광경인 까닭이었다.

"제법이군."

짧게 한마디 내뱉은 그녀가 서늘한 한기가 서린 눈빛으로 저 멀리 수도의 정문 쪽을 바라봤다.

당장 발밑으로 황궁의 외벽이 무너져 내리고 있었으나, 그녀의 관심은 더 이상 그곳에 존재하지 않았다.

'언제쯤 오실 생각이십니까. 오라버니.'

머지않아 다가올 쓰라린 만남만이 머릿속을 가득 채울 뿐이었다.

◈

일백개의 검영을 걷어냈을 때, 시야를 가득 채운 건 허무만이 가득한 공간이었다.

마치 거짓말처럼 쓰러져 내린 일백개의 그림자들은 진정 망령이 되어 그 생을 마감해버렸다.

'선천지기를 전부 소진한 것인가. 후우….'

제튼은 나직한 한숨과 함께 시체가 되어버린 습격자들을 돌아봤다. 잠시간의 고민 끝에 한 차례 손을 뻗어 주변을 한 차례 훑었고, 이내 일백구의 시체는 흔적도 없이 사라져있었다.

고개를 절레절레 흔들며 막 발을 떼려던 순간이었다.

쏴아아앙! 쾅! 쏴아앙!

저 멀리서 강렬한 폭발성이 연달아 들려왔다. 앞서의 것보다 한층 강렬했는데, 그 안에 담긴 기운이 너무도 자극적이었다.

'이건!'

파동에 담긴 기운이 심상찮았다.

'선천…?'

설마하는 마음에 감각을 키우고, 폭음의 중심지로 신경을 집중시켰다.

"이런 미친!"

뒤이어 욕짓거리가 입술을 비집고 흘러나왔다.

"으드득…."

폭음의 정체를 깨닫고 나니, 절로 이가 갈렸다.

'선을 넘는군.'

그의 두 눈 위로 서늘한 한기가 스쳐갔다.

❖

콰아아앙!

폭음이 들리던 순간 이미 몸은 움직이고 있었다. 수업중이라는 생각도 들지 않았다. 애초에 이 수업의 지도교사가 오지도 않은 상황이 아니던가.

'쿠너 형님.'

그가 수업을 지도하는 교사였다. 어째서 오지 않았는지는 이 폭음성을 통해 짐작이 가능했다.

그의 발달된 감각에만 파고든 소음인지라, 아직 아이들은 듣지 못한 듯, 평소와 다름없는 모습으로 수업준비가 한창인 게 보였다.

당연히 연무장을 나서는 케빈의 모습에 아이들의 시선이 쏠릴 수밖에 없었다. 의문을 내비치건 말건 케빈은 바삐 움직이고 있었다.

메리가 수업을 듣는 장소로 급히 움직였다. 원래라면 함께 수업을 들어야 하나, 그와 메리의 차이로 인해 완전히 같은 시간표를 짜는 게 어려웠다.

이는 한 차례 아카데미 졸업을 하고 온 케빈과 이곳이 첫 아카데미인 메리의 차이로 인한 것이었는데, 카이스테론에서는 흔히 일어나는 상황이기에, 이 부분에 대한 차이를 메우고자 1, 2학년 수업에 차이를 두어, 각자의 진도를 맞추고는 했다.

바삐 메리가 있는 교실로 걸음을 하는데, 마침 저 반대편에서 여동생이 달려오는 게 보였다. 그녀 역시도 무언가를 느낀 것이다.

"아빠는?"

당연히 이어지는 여동생의 질문에 케빈이 한 차례 시선을 외부방향으로 던지며 답했다.

"이미 움직이신 것 같아."

그 말에 메리의 눈에 그늘이 지는데, 이에 케빈이 쓰게 웃었다. 어릴 적, 한 차례 가족을 잃어봤던 아픈 과거 때문인지, 여동생은 유난히 가족에 대한 감정이 남달랐다.

가볍게 동생의 머리를 쓰다듬은 케빈이 재차 말문을 열었다.

"너는 어머니께 가 있어."

"오빠는?"

"잠시 밖에 좀 나갔다 와야겠다."

"왜?"

"제니가 아무래도 아카데미 바깥에 있는 것 같아서."

또 다른 여동생에 대한 일정이 떠올랐다. 수시로 그를 찾아와 이런저런 이야기를 하고는 했는데, 그 덕분에 현재 제니의 위치가 어디쯤일지 짐작이 갔다.

의미 그대로 짐작 '만' 가는 것이다.

하필이면 제니 역시도 상당한 실력자이다 보니, 그의 감각으로도 찾아내기가 쉽지가 않았다. 상황이 이렇다 보니 당연히 걱정이 될 수밖에 없었다.

"어머니를 부탁할게."

마음 같아서는 메리와 함께 하고 싶었으나, 아카데미 측의 바쁜 움직임을 읽은 덕분에, 작게나마 안도하며 바깥으로 향할 수 있었다.

"조심해!"

여동생의 걱정스런 외침이 등 뒤로 들려왔다. 가볍게 고개를 끄덕이며 훌쩍 몸을 던졌고, 이내 그의 신형이 외부로 향했다.

◈

아찔한 거력을 품은 일권이 사납게 다가왔다. 막을 수 있다는 걸 알면서도 차마 막지 못한 채, 급히 몸을 빼내야만 했다.

파아아앙!

허공이 폭발하며 거대한 충격파가 사방으로 흩날리는 게 느껴졌다. 흘려서 피한다는 생각 자체를 하지 못하게 만드는 소름끼치는 파괴력이었다.

'미치겠네!'

쿠너는 욕짓거리가 목구멍까지 치고 올라오는 걸 느꼈다. 이미 한계라고 여겼던 운트의 오러가 한 차례 폭발하는 걸 보았다. 헌데, 거기서 또 다시 기운이 솟구친 것이 아닌가.

스치기만 해도 피부가 저릿저릿하던 운트의 공격이, 이제는 스치기는커녕 거리를 두고 피해도 피부를 따갑게 하고 있었다.

밀려드는 충격파만으로도 그 공격성이 남달랐다. 마치 마법적인 공세가 이어지는 기분이었다.

그나마 다행이랄까?

'몸놀림이… 너무 단순해.'

기운이 재차 폭발하던 순간부터 동작이 단조로워지며, 공격을 예측하기가 쉬워졌다. 그 덕분에 적당한 거리를 유지할 수 있었다.

만약, 조금이라도 공격이 복잡했더라면, 채 몇 번을 피하기도 전에 위기상황에 처했을지도 몰랐다.

콰콰콰콰콰콰!

운트의 연격이 이어지고, 그 충격파가 쉴 새 없이 장내를 뒤흔드는 소리가 들렸다. 주변 일대는 더 이상 제국 수도의 풍경이 아니었다.

다행스럽게도 더 이상 근방에서 사람의 흔적이 느껴지질 않았다. 별의 영역에 이른 감각을 통해, 일단의 무리가 움직이며 사람들을 안전하게 유도해 가는 것을 포착했었다.

아마도 수도의 수비군들이 움직인 것으로 여겨졌다. 덕분에 더욱 활동적으로 움직이며 운트의 공격을 피할 수 있는 것이기도 했다.

'그나저나 제정신이 아닌 것 같은데.'

얼핏 비치는 운트의 눈가가 핏빛으로 물든 게 보였다.

게다가 입가에 흘러내리는 저건, 한 눈에 봐도 침이라는 걸 알 수 있었다. 정신적인 문제가 있다는 걸 대번에 알게 하는 모습이었다.

저 이해할 수 없을 정도의 파괴력의 대가라고 여겨졌다.

'이대로 피하기만 하다가는 끝이 없겠는데.'

밀려드는 충격파만으로도 야금야금 체력이 깎여나가는 중이었다. 게다가 두어 차례 비껴 맞았던 권격의 여파로 인해 내부의 오러가 일부 흔들려있기도 했다.

아무리 운트의 상태가 좋지 않다고는 하나, 결국 결론적으로는 그에게 불리한 상황이라는 의미였다.

'승부를 내야 한다!'

마음이 이는 순간 육신은 이미 자세를 잡고 있었다.

우우우우우웅…

단 한 번의 찌르기를 위해 검을 당기고 근육을 비틀고 기운을 모았다.

"크…으?"

기괴한 신음성을 흘려대던 운트가 돌연 전진을 멈추더니 의문을 표하는 것이 아닌가. 동시에 핏빛 가득하던 눈가에 한 줄기 빛이 들어오는 게 보였다.

"……쿠너."

짧은 한마디. 일시적인지 확인을 하기는 어려웠으나, 운

트의 정신이 돌아온 것이다. 상대 역시도 그를 인지했다는
걸 확인하는 순간이었다.

쿠우웅!

갑작스레 주변 일대의 공기가 무겁게 가라앉는 게 느껴
지는가 싶더니, 돌연 운트가 자세를 잡는 것이 보였다.

이미 그의 의식이 돌아왔다는 걸 알기에, 그가 이 찰나
의 순간을 기회로 삼아 마지막 승부를 걸려 한다는 것 역
시 알 수 있었다.

"후읍!"

짧게 숨을 들이키는가 싶던 운트가 먼저 움직였다. 언제
또 정신이 날아갈지 모르기에, 먼저 승부수를 던진 것이
다.

〈후발제인(後發制人)〉

배움이 한창이던 당시, 스승이 했던 이야기가 떠올랐
다.

〈반 박자 늦게. 한 박자 빠르게!〉

그가 배운 찌르기의 극의라면 충분히 가능했다.

'후발…제인!'

다가오는 거대한 파도가 보였다. 그 중앙에 초점을 둔
채, 단 하나의 점을 향해 의식을 뻗었다.

콰우우웅!

생명을 불태우며 덤벼들었던 습격자들의 모습이 떠올랐다. 그들 역시도 제 삶을 던져, 죽음을 등에 진 채 최후를 장식했다.

그런 의미로 보자면 저들 역시도 다를 건 없었다.

생명력을 격발시켜 찰나 간에 거대한 힘을 내비치는 점에서는 별반 다를 게 사실이다. 하지만 한 가지 부분에서 큰 차이가 있었고, 제튼은 이로 인해서 분노를 느꼈다.

의지!

경지를 넘어 유난히 발달된 감각을 통해, 저들의 '이지'가 상실되었음을 깨달은 것이다.

이미 저들은 '사람'이라고 불릴 수가 없는 존재들인 것이다.

'언데드….'

혹은, 강시와 다를 게 없는 존재였다. 조금이나마 다른 게 있다면, 황국의 외벽에 닿아 폭발하기 전까지 숨을 쉰다는 부분이었다.

이를 토대로 이야기하자면, 살아있는 시체라는 표현이 적합하다 여겼다.

사실, 제튼은 은연중에 그레이브라는 단체를 묵인하는 경향이 있었다.

그의 과거, 천마로 인해서 제 삶을 잃어버린 이들이 아니던가. 한 차례 저들에게 분노를 했던 무렵도 있었으나, 결국 이런 이유로 인해 그레이브에 작게나마 자비를 베풀며 손을 뗀 것일지도 몰랐다.

은연중에 저들과 관계되는 걸 피하고자 하는 마음도 있었다. 하지만 오늘 마주하게 된 저들의 모습은 그로 하여금 더는 외면하기가 어렵게 만들었다.

이미 생명의 기운을 건드리는 부분에서 한 차례 신경을 건드렸건만, 거기에 더해 이제는 그 힘을 한 순간 폭발시키는 일종의 자폭의 술법에까지 손을 댄 것이다.

이지를 상실한 듯, 감각에 느껴지는 저들의 모습이 너무도 기괴했다.

[끄으어어어어…]

실로 기괴한 신음성이 귓가로 파고들었다.

콰아아앙!

뒤이어 천둥성 같은 폭음이 저 멀리서 날아들며, 짙은 죽음의 향을 풍겨왔다.

눈살을 찌푸리며 막 걸음을 내딛으려는 찰나였다.

'음?'

저 멀리 아련하니 익숙한 기운이 다가오고 있는 게 느껴졌다. 상당한 거리였음에도 불구하고 대번에 그의 감각이 움직인 이유는 간단했다.

'마공?'

그것도 천마신공에 뿌리를 둔 하위의 마공으로써, 이곳 세상에서 이와 같은 마공을 익힌 존재는 단 한 명뿐이었다.

'마르셀론 공작.'

결코 잊을 수 없는 존재였다. 황제의 오라비이기도 하며, 동시에 그가 살던 왕국의 참된 후계자가 아니던가. 그역시 천마라는 재앙으로 인해 운명이 비틀려버린 사내였다.

헌데, 이게 웬일인가.

'하나가 아니라고?'

분명 천마는 마르셀론 공작 한명에게만 마공을 전수했었다. 하지만 느껴지는 기운은 하나가 아니었다. 자연스레 그쪽으로 감각이 집중되었다.

빠르게 수도를 향해서 달려오는 기운들이 느껴졌다. 아직 상당한 거리가 있었지만, 저 속도라면 머지않아 도착할 것 같았다.

좀 더 집중하여 기운을 살피니, 하나의 강대한 기운 주변으로 흐릿한 다수의 기운들이 읽혀졌다.

'나눈 것인가.'

어렴풋이 그려지는 상황이 있었다. 아마도 마르셀론 공작이 그의 수하들에게 마공을 일부 베풀었을 것으로 여겨졌다.

마르셀론 공작이 경지를 이뤘다면 충분히 가능한 상황이었다.

제튼은 그렇게 잠시 공작이 오는 방향에 집중하던 중에, 또 다른 이질감을 발견할 수 있었다.

마공의 무리 주변으로 어렴풋이 읽혀지는 또 다른 기운이 존재했다. 눈이 번쩍 뜨였다.

'…그런 거였나.'

이 사건이 어디로 향하는지, 대략적인 흐름이 읽어졌다.

그 순간,

콰우우웅!

싸늘하니 식어버린 그의 시선이 새로운 방향으로 돌아갔다. 저릿한 파동이 수도의 정문 쪽에서 날아든 까닭이었다.

'쿠너.'

제자의 설욕전에 승부가 났음을 알았다.

◈

연달아 이어지는 폭음에 저도 모르게 육신이 반응을 했다. 어쩔 수 없는 현상이었다.

프라임 기사단!

그야말로 황궁의 마지막 자존심이라 할 수 있는 이들이 아니던가.

게다가 이제는 그 흔적만이 남아 거짓된 형상으로 어설피 가면을 쓰고 있는 다른 3대 기사단과 달리, 여전히 그 위용을 자랑하는 제국의 자랑이 바로 이들이었다.

때문에 황궁의 외벽이 부서지는 소리에 몸이 반응하는 것이다. 하지만 그들의 심장이라 할 수 있는 황제가 명했다.

〈기다려라.〉

그러니 참을 수밖에 없는 것이다.

콰앙! 꽝!

하지만 자극적인 외벽의 울림은 그들로 하여금 매 순간순간 흔들림을 선사했다. 주인의 명이 있기에 이를 내부 깊숙이 삼키고 모아, 한 번에 터트릴 그 시간만을 기다리고 있을 뿐이었다.

울분 대신 침묵만을 내비치며 짙은 정적을 쌓았다. 그로 인해 황궁 브레이브의 공기는 더없이 무거워져갔다.

황궁 내부의 여타 기사단과 수비대들은 이미 통제하여 외부로 내보냈다. 애초에 저 소란의 발생 이전부터 황궁의 전력을 일부 외부로 내돌린 상황이었다.

지금의 상황을 외부에 들키지 않으려, 차근차근 이날을 위해 준비하며 마련한 무대였다.

기사단의 시선이 하늘로 향했다.

창공을 꿰뚫듯 우뚝 솟아있는 거대한 탑의 꼭대기로 그
들의 주인이 서 있었다.

[기다려라.]

환청일까? 주인의 음성이 귓전을 스쳐갔다. 서늘한 눈
빛을 빛내며 전방을 바라봤다. 또 다시 거대한 기운이 들
이닥치는 게 느껴졌다.

꽈아아앙!

결국 부서져 내리는 외벽의 모습이 눈에 들어왔다. 드디
어 무대가 열리고 있었다.

＊

저 앞으로 연달아 터져 나오는 폭음이 걸음을 재촉했다.
하지만 등 뒤에서 밀려드는 아찔한 충격파는 역으로 발목
을 붙잡고 있었다.

'멈춰서는 안 된다.'

페르만은 애써 뒤편의 파동을 무시하며 전방에만 집중
했다. 그런 그의 곁에는 어느새 상당수의 그림자들이 모여
들어 있었는데, 그들 하나하나가 이번 습격을 위해 모여든
최정예 요원들이었다.

각 습격부대의 조장급 이상으로 이뤄진 이들로써, 말 그
대로 정예중의 정예들인 것이다.

수도 전역에 걸쳐 돌아다니며 소란을 일으키는 이들과 달리, 수도의 심장부를 직접 타격하는 임무를 수행하고자 모인 이들이었다.

이 두 부류 외에도 수도의 심장부에 길을 뚫기 위한 이들이 따로 있었는데, 그들이 바로 폭음을 일으키는 당사자들이었다.

한 가지 안타까운 점이라면, 저들의 경우에는 자신들의 마지막을 확인할 수가 없다는 점이었다.

이번 임무에 투입된 요원들 대부분이 자의에 의한 것임은 틀림없었다. 하지만 저들 자폭부대와 같은 최후를 원한 이들은 누구도 없을 터였다.

'성벽에 몸을 던지라니.'

페르만은 가면사내의 지시를 떠올리며 짧게 이를 갈았다. 비록 같은 단체에 소속되었고, 그보다 상급자라는 위치에 있다고는 하나, 납득이 안 되는 건 어쩔 수가 없었다.

최면마법을 일부 활용하여 저들의 의식 깊숙한 곳에 명령을 새겨놨기에, 이지가 상실한 상황에서도 황궁의 성벽을 향해 달려들고 있는 것이었다.

마음에 들지 않는 상황이었으나, 그렇다고 해서 발길을 멈추지는 않았다. 그는 현재 운트를 대신하여 이 자리에 있는 것이 아니던가. 결코, 멈춰서는 안 되는 상황이었다.

콰우우웅!

문득, 뒤편에서 지금까지와는 차원이 다른 강대한 파동이 뻗어왔다.

"으음…."

한 순간 신형이 흔들렸으나, 애써 마음을 다잡으며 걸음을 내딛었다. 그의 동요는 주변 그림자들의 동요로 이어질 수 있는 까닭이었다.

'주군!'

운트의 전투가 끝을 맺었음을 알았다. 그도 모르게 새어 나온 한 줄기 물방울이 볼을 타고 흘러내렸다.

❖

더는 하늘 끝에 시선을 둘 필요가 없었다. 목적지가 시야에 들어온 까닭이었다. 저 멀리 어렴풋이 보이는 황도의 모습에 절로 미소가 그려졌다.

'크라베스카!'

마르셀론 공작은 두 눈을 빛내며 수도를 향해 시선을 보냈다. 아직 상당한 거리가 남아있었으나, 시야에 존재한다는 것만으로도 기운이 차는 것 같았다.

긴 여정의 끝이 다가오고 있다는 생각에 가슴이 뛰었다. 전방에서 떨어질 줄 모르던 시선이, 잠시간 뒤편으로 향했다.

'에틀란.'

그의 기사단이 후미로 바싹 따라붙고 있었다. 외부에는 신생기사단으로써, 그가 새로이 키웠다고 알려져 있었으나, 실상은 오랜 시간을 거쳐서 키워온 그림자 기사단이었다.

그로 하여금 벽을 넘게 해 주고, 도전을 꿈꾸게 만들어 준 연공법을 토대로 저들 에틀란 기사단을 성장시켰다.

대외적으로는 신인들일지 모르나, 저들 대부분이 노련한 실력파들이었다.

그레이 울프!

용병업계에서 적잖게 이름을 떨치고 있는 용병대로써, 이곳 동대륙이 아닌 북대륙 방향에서는 세 손에 꼽힐 정도로 유명한 용병대이기도 했다.

'브라만. 네놈이 준 이 가증스러운 선물. 잘 활용해 주마!'

불꽃이 일 듯 뜨겁게 타오르는 마르셀론 공작의 시선이 다시금 수도를 향해 뻗어나갔다.

❖

드디어 길이 열리고, 제국의 심장부가 외부에 그 모습을 적나라하니 내비치는 그 순간, 기다렸다는 듯 움직이는 이들이 있었다.

프라임 기사단!

대 제국 칼레이드의 자존심이라 할 수 있는 3대 기사단의 일원으로써, 황궁 브레이브의 자랑이라 불리는 이들이었다.

망령들은 심장부에 스며들기가 무섭게 저들 심장의 수호자들에게 검을 겨눴다. 하지만 달려들지는 않았다.

"끄아아아아아!"

아직 남아있는 폭주자들이 존재하는 까닭이었다. 성벽이 뚫리자 새로운 목표물을 찾듯 두리번거리던 그림자들이, 이내 기사단을 발견하고는 그들을 향해 몸을 던졌다.

분노로 일그러졌던 기사단의 표정이 대번에 굳어졌다. 저들의 파괴력은 이미 질리도록 견식한 상황이 아니던가.

대 마도용으로 설계되고 완성된 황궁의 외벽을 무너트린 폭발력이었다. 비록 다수의 힘으로 무너트린 것이기는 하나, 그래도 허물어진 건 사실인 만큼 경계할 수밖에 없었다.

긴장하며 망령의 광기를 기다리는 찰나였다.

스릉…

돌연 앞으로 나서는 이가 있었다.

에밀 프레얀.

프라임 기사단의 단장으로써, 검작공 오르카의 존재
감에 가려져 묻혀버린 제국의 숨겨진 실력파 여검사였
다.

물론, 이러한 이유 외에도 그녀 스스로도 대외적인 자리
에 모습을 드러내지 않는 탓도 있었고, 황제를 지척에서
지키는 근접호위이다 보니, 자연스레 공개석상에 나타나
는 상황이 적어져버린 이유도 컸다.

애초에 프라임 기사단의 대외적인 활동 자체가 드물다
보니, 이들과 관련된 정보를 얻는다는 것 자체가 쉬운 일
이 아니었다.

우우우웅…

앞으로 나선 에밀의 검 위로 찬란한 검광이 피어오르기
시작했다. 그 선명한 빛 무리는 결코 익스퍼트급의 기사가
내비칠 종류의 것이 아니었다.

마스터!

그 영롱한 빛의 결정체에 달려들던 망령들의 신형에 급
제동이 걸렸다. 이지를 상실했다고는 하나, 본능적으로 검
광에 담긴 흉포함을 읽어낸 까닭이었다.

"으…으으으……."

주저하는 그들의 등 뒤로 뜨거운 열기가 밀려들었다.

"가라."

그와 동시에 들려온 한 줄기 음성이 그들의 등을 떠밀었다.

"크아아악!"

멈췄던 발길이 재차 움직이며, 다시금 광기의 폭주가 진행됐다.

"후우···."

나직한 한숨과 함께 에밀 프레얀의 검이 움직였다.

"발(拔)!"

들은 적 없는 기이한 외침이 뒤를 따랐다.

"꺽!"

이에 맞물리듯 달려들던 붉은 광기의 잔재들이 단말마의 비명성과 함께 멈춰서는 것이 아닌가.

쫘과과과과과···

그리고는 거짓말 같은 연쇄폭발이 터져 나왔다. 제법 거리를 두고 이뤄진 폭발이었으나, 저 강대한 외벽을 무너트릴 정도의 파괴력 때문일까? 아찔한 충격파가 기사단을 향해 밀려들었다.

그 순간 에밀의 검이 또 다시 움직였다.

"벽(壁)!"

재차 기이한 언어를 외치더니, 그의 전방으로 한 줄기 검광이 새겨졌다. 그러더니 이내 수십줄기로 변하고, 눈한번 깜빡할 사이에 셀 수 없는 검광이 전방을 빼곡하게 채우더니, 마치 하나의 방패마냥 충격파를 막아섰다.

두두두두두두두……

마치 폭포수가 떨어지듯, 빛의 방패에 부딪친 충격파는 거짓말처럼 쪼개져나갔고, 순식간에 사방으로 튀어나가며 허공 속으로 흩어졌다.

모든 충격파를 걷어낸 에밀의 시선이 한 방향으로 향했다. 그곳에 조금 전 들려왔던 음성의 주인이 서 있었다.

선이 굵은 사내였는데, 대번에 보통 상대가 아니라는 걸 알았다.

'…마스터.'

워낙 강대한 충격파를 홀로 감당하다보니, 손목이 시큰거릴 정도의 여운이 남아있었다.

하지만 결코 내색하지 않았다. 동급의 상대에게 약점을 잡히지 않기 위해 표정을 감추고, 의도적으로 왼발을 전방으로 두며 검을 든 오른손을 상대의 시야에서 거둬들였다.

이런 그녀의 반응에 굵직한 선의 사내, 페르만이 눈을 빛내면서 그녀를 응시했다.

'감춘 건가?'

아니면 자연스럽게 저 같은 자세가 갖춰진 것일까? 한 차례 의문이 이어졌다. 앞서의 폭발은 그에게도 적잖은 부담이 되는 것이었다. 비록 충격파뿐이었으나 다수의 폭발이 한번에 터져나온 만큼, 결코 가볍게 여길 수 없는 수준이었다.

짤막하니 의문을 내비치던 그의 시선이 폭발의 중심지로 향했다.

그 시체마저 찾기 어려울 만큼 산산이 흩어져, 핏물만이 유일한 존재의 흔적으로 남아있는 게 보였다. 절로 표정이 굳어지는 광경이었다.

〈가라.〉

그의 한마디가 저들의 죽음을 앞당겼다는 생각이 가슴을 두드리며 답답하게 만들었다. 하지만 후회는 하지 않았다.

'어떻게 하건 죽음은 피할 수 없었으니.'

단지, 그저 갑갑할 뿐이었다.

"후우우우…."

길게 숨을 늘어트리며 가슴을 달랜 그가 걸음을 내딛었다. 그러며 죽음의 영역 그 너머로 시선을 던졌다.

'프라임 기사단.'

그와 망령들을 기다리는 황궁의 자존심이 보였다. 금빛 찬란한 저들의 갑주를 보고 있자니, 왠지 그들의 어둠이 더욱 크게 강조되는 기분이 들어 눈살이 찌푸려졌다.

까드득…

이를 악 물며 주먹을 말아 쥐고, 이내 힘차게 발을 굴렀다.

쿠웅!

묵직한 울림이 지면을 두드리자, 그 반동인지 대지는 사나운 기운을 하늘로 쳐 올렸다. 중간에 그 힘을 거둬들여 전방으로 내지르니, 그 끝에 주먹이 뻗어 있었다.

쫘르르릉!

우레가 땅 위를 타며 뻗어나갔다. 그 순간 에밀의 표정에 옅은 흔들림이 일었다. 다가오는 권격의 위력을 짐작한 까닭이었다. 온전치 못한 상태로는 쉬이 막기가 어렵다는 판단을 했으나, 이를 악 물며 검을 쥔 손에 힘을 더했다.

별의 힘을 담은 공격이었다. 이를 막으려면 같은 별의 힘이 필요했다. 그리고 프라임 기사단에는 그녀 혼자만이 검 끝에 별을 담고 있었다.

'막는다!'

각오를 다지며 재차 '벽'의 검격을 쳤다.

쫘아아앙!

앞서와 달리 정면으로 맞부딪친 파괴력에 주르륵 신형이 뒤로 밀려나갔다.

터더덕!

순간 등 뒤와 어깨를 짚는 온기에 육신에 제동이 걸렸다. 어느새 단원들의 위치까지 밀려온 것이다.

그들과 한 차례 시선을 마주치는 순간, 망령들이 움직였다. 반 박자 늦게 프라임 기사단 역시 검을 뽑아들었다.

차차차차창!

제국 심장부를 무대로 한 전쟁이 시작되었다.

❖

단 한 번의 칼질을 끝으로 더는 움직일 기력이 나질 않
았다.

'당연…한 건가.'

상대가 상대인 만큼, 그 한 번의 칼질에 모든 걸 걸어
야만 했고, 그로 인해서 기력이 전부 소모되어 버린 것이
다.

앉아 있을 힘도 없기에 죽은 듯 누워 하늘만 바라봐야
했다. 그 상태로 힘겹게 고개를 돌렸다. 저 한편으로 그와
같은 몰골을 한 사내가 보였다.

'운트….'

서로 전력을 내비치며 마지막 승부를 걸었고, 승부가 났
다.

'이겼나?'

하지만 어째서인지 확신이 들질 않았다.

'이유가 뭘까?'

답은 알고 있었다.

"졌냐?"

머리맡에서 들려온 음성에 시선이 움직였다.

"선생님."

어느새 온 것인지 제튼이 그곳에 서 있었다. 잠시 스승을 바라보던 쿠너가 힘겹게 몸을 일으켰다. 그러며 질문에 대한 답을 내어놨다.

"아마도요."

알고 있다고 여겼음에도, 어째서인지 대답에는 확신이 없었다.

이유는 간단했다.

'살아남았으니까.'

그는 이렇게 숨을 쉬고 있었다. 하지만 저 한편에 쓰러진 운트는 죽은 듯 누워있는 게 아닌, 정말로 그 생이 다한 것이었다.

서로 승부를 걸었다. 앞전과 달리 단단한 벽을 뚫고, 그 너머에 감춰졌던 마도의 방패 역시도 꿰뚫었다.

아무리 강대한 오러로 무장한 운트였다고 하나, 그의 오러는 그저 크고 넓을 뿐이었다. 하지만 쿠너는 작을지언정 송곳처럼 한 데 모아 응축시켰다.

이를 통해서 거대한 '면'의 단 한 '점'을 꿰뚫었고, 상대의 육신을 관통했다. '승리'라는 단어가 떠오르는 순간, 거대한 '면'이 그를 덮쳐들었다.

'결국… 피해는 내가 더 컸다.'

덕분에 움직일 기력마저 잃어버린 것이 아니던가.

그럼에도 불구하고 살아있는 건 그였다. 운트의 시체를 확인하고자 그쪽으로 시선을 던지니, 좌측 갈비뼈 아랫부분에 굵직한 핏물이 새나오고 있는 게 보였다.

심장을 노리고 내던진 일격이건만, 결국 목적한 바를 이루지 못한 것이다.

'실패…인가.'

그 즈음, 갑작스레 뒤통수가 뜨끔해졌다.

눈살을 찌푸리며 제튼을 바라보니, 그가 손가락을 튕기고 있는 게 보였다.

"반성해."

"끄응…."

"설욕전이나 하라고 보내놨더니. 아주 가관이다. 쯧!"

할 말이 없었다. 고개를 푹 숙이고 있자니, 따끔했던 머리 위로 따뜻한 온기 하나가 더해졌다.

"그래도, 어쨌든 고생했다."

스승의 짤막한 칭찬 한마디가 짓눌렸던 가슴 한편을 풀어줬다.

"그래도, 어쨌든이 뭡니까. 기왕이면 좀 더 그럴싸하게 말 해 주시지."

덕분에 이런 농을 던지는 여유도 가질 수 있었다.

"시꺼. 패자는 말이 없다. 몰라?"

"…끄응!"

물론, 채 한 호흡을 못가는 짧은 여유라는 게 문제였다.

"하아…."

한숨을 쉬며 다시금 늘어지는 제자의 모습에, 슬쩍 미소를 그린 제튼이 고개를 돌려 황궁 방향으로 시선을 보냈다.

'그레이브.'

선을 넘어버린 저들에게 제재를 가할까도 싶었다. 하지만 이내 마르셀론 공작의 기척을 느끼고, 그의 곁에 존재하는 그레이브의 잔재를 읽은 뒤 생각을 바꿨다.

특히, 저 멀리 사자의 탑 꼭대기에 오롯이 서 있는 여인의 존재는 그의 발목을 잡기에 충분한 이유가 됐다.

'…아미르.'

황제라고 불리는 대 제국의 주인이 그곳에 서 있었다.

'이건, 당신의 오라비가 만든 무대인가. 아니면….'

차마 입 밖에 내뱉지 못하는, 내뱉을 수 없는 의문을 조용히 가슴에 묻었다.

〈당신이 만든 무대인가?〉

◈

저 멀리 동쪽을 응시하던 눈가에 한 줄기 이채가 스쳤다.

'왔나.'

기다렸던 이가 오고 있음을 알았기 때문이었다.

'…오라버니.'

아직 상당한 거리가 남아있었으나, 감각에 잡힐 정도라면 머지않아 도착할 것이 틀림없었다.

외부로 향하던 시선을 거둬 발 아래로 보냈다.

제국의 자존심과 망령들의 전투가 눈에 들어왔다. 기다리던 배우가 등장했으니, 무대를 정비할 필요가 있었다.

멈춰있던 걸음을 내딛었다.

사자의 탑!

그 아득한 높이에서 황제가 떨어져 내렸다.

#3. 꽃의 이름

#3. 꽃의 이름

전투는 실로 치열했다.

'과연, 제국의 자존심인가.'

페르만은 딱딱하니 굳은 얼굴로 전장을 바라봤다. 프라임 기사단과 그레이브의 망령들이 피 튀기는 혈전을 벌이고 있었는데, 그야말로 일진일퇴 막상막하의 공방이 한창이었다.

'끝자락이라도 전설은 전설이라는 건가.'

피닉스 기사단. 일루전 기사단. 프라임 기사단.

제국의 자랑이라고까지 불리는 3대 기사단, 그곳의 한 자리를 차지하고 있는 게 바로 눈앞의 기사들이었다.

하지만 그 실체는 제국 전쟁의 마지막에 탄생하여, 대공의 전설에는 겨우 한발 걸치고 있는 이들이었다.

실질적인 제국 전쟁의 전설을 써내려간 주역들은, 그 대부분이 은퇴를 하거나 전쟁 속에서 그 생을 다한 상태였다.

그나마 은퇴한 이들 대부분도 폐인이 되었거나, 전쟁의 후유증으로 짧은 생을 마감했다고 알려져 있었다.

'그 숫자가 백 명도 안 되지.'

페르만이 이들 제국 전쟁의 전설들에 대해서 잘 아는 이유는 아주 간단했다. 그가 그레이브이기 때문이다.

그들 그레이브야 말로 제국 전쟁의 피해자들이 모여서 만들어낸 망령들의 집합체가 아니던가. 당연히 모를 수가 없었다.

'저들을 무시하진 않았지만.'

그래도 제국 전쟁의 주역들과 같은 선상에 놓기도 애매했다. 아무래도 전쟁의 피하자이다 보니, 더더욱 그런 마음이 컸던 걸지도 몰랐다.

그렇기에 저들이 보여주는 실력에 감탄이 나올 수밖에 없었다. 실험으로 재탄생한 망령들과 저처럼 치열한 혈전을 벌일 거라고는 생각지도 못한 까닭이었다.

'전설의 잔재만으로도 이 정도라니.'

망령들은 무리 중에서도 조장급만 모인 덕분인지, 그들 하나하나가 익스퍼트 상급의 능력을 발휘하고 있었다. 강대해진 오러 덕분에 최상급에 이른 이들도 여럿이었다.

게다가 그 숫자도 무려 일백오십이나 되었다. 익스퍼트 상급과 최상급으로만 이뤄진 전력으로써, 그야말로 대륙 최강이라 해도 과언이 아닌 집단인 것이다.

헌데도 프라임 기사단은 이들과 맞서 대등한 전투를 벌이고 있었다.

그것도 무려 오십이나 부족한 일백의 기사만으로 저 같은 전투를 벌이는 중이었다. 보고 있으면서도 쉬이 믿기지 않는 풍경이었다.

저들 전부가 익스퍼트 최상급으로 이뤄진 기사단이라면 또 모르는 일이겠으나, 페르만의 감각에는 그것도 아니었다. 상급은커녕 중급에 이른 이들이 평균적인 단체였다.

물론, 그것만으로도 충분히 제국을 대표한다는 말이 부족하지 않는 수준인 건 틀림없었다. 하지만 망령들을 막아서기에는 부족하다고 여겨졌다.

그럼 무엇이 저들로 하여금 망령들과 대등한 전투를 치르도록 하는 것일까?

'조직력인가.'

생각보다 빠르게 결론이 나왔다. 실험체들 중에서 뛰어난 이들만을 한자리에 모았다고는 하나, 결국 망령들은 각자 다른 단체에서 뽑혀온 이들이었다. 개개인의 실력은 뛰어날지언정 저들에게서 조직으로써의 단결력을 보기에는 아직 무리가 있었다.

물론, 그레이브라는 한 단체의 구성원으로써 지니고 있는 기본적인 조직력은 있었다.

'그렇지만… 그것만으로는 부족하지.'

무려 제국 심장부의 자존심이라는 프라임 기사단이었다. 오랜 시간 단련되어온 저들의 조직력을 감당하기에는 무리가 있던 것이다.

상황이 이렇다 보니, 월등한 실력을 지니고서도 대등한 전투를 이끄는 게 전부였다.

변화가 필요한 상황이었다.

그리고 이 변화를 이끌 수 있는 건 바로 페르만 그의 역할이었다. 하지만 안타깝게도 변화를 이루기가 쉽질 않았다.

저 앞에서 그와 마찬가지로 가만히 서 있는 여인이 보였다. 프라임 기사단의 단장으로 여겨지는 존재로써, 그와 같은 영역에 위치한 강자였다.

마스터!

그저 멀뚱하니 서 있는 것 같았으나, 실상은 그와 그녀는 서로의 호흡을 주시하며 보이지 않는 기세싸움이 한창이었다.

피부를 저릿저릿하게 만드는 그녀의 투지가 연신 그의 흐름을 방해하고 있었다.

먼저 움직이는 쪽이 오히려 선수를 빼앗길 수도 있는 미묘한 대치상황인 것이다.

'어쩔 수 없나.'

약간의 피해 정도는 감당하겠다는 생각으로 걸음을 떼려는 찰나였다.

'음?'

기이한 형체가 시선으로 끼어들며 흐름을 끊었다.

'벚꽃…잎?'

의문이 이어졌다.

'이 계절에?'

재차 확인한 끝에 의외의 결론이 나왔다.

'눈송이?'

답을 내리고서도 확신이 서질 않았다. 날이 제법 쌀쌀해졌다고는 하나, 아직은 여름의 기운이 제법 남아있는 시기였다.

가을이라고는 하나 겨우 초기를 넘겼다고 볼 수 있는 계절이었다. 그런데 뜬금없이 눈이 떨어진다? 벚꽃보다 더욱 황당한 결론이었다.

'말도 안 돼!'

믿기지 않았으나 분명 눈송이가 맞았다. 발달된 감각이 그 결정체를 확인하며, 부정을 부정했다. 어떻게 된 것인가 싶어 하늘로 시선을 올려 보내는데, 당혹스러울 정도로 맑은 하늘만이 보일 뿐이었다.

구름 한 점 없는 날씨는 아니었으나, 그렇다고 해서 눈이 내릴 풍경도 아니었다. 헌데, 그 풍경 속으로 하나의 그림자가 비쳤다.

'사람?'

눈이 동그래지는 광경이었다. 웬 여인 한명이 허공을 걸어서 내려오고 있는 것이 아닌가. 마치 허공중에 보이지 않는 계단이라도 있는 건 아닌가 싶을 정도로 자연스러운 하강이었다.

'마법사?'

당연하게 이어지는 의문이었다. 하지만 결론을 내리기가 어려웠다. 그도 그렇게 어렴풋이 느껴지는 이 기운은 또 무엇인가.

'오러?'

의문이 꼬리를 물고 이어지는 가운데, 문득 여인의 얼굴이 눈에 들어왔다.

'…황제.'

한 눈에 알 수 있었다. 적국의 수장을 어찌 모를 수 있겠는가.

'어떻게 된 거지?'

허공을 걸어 내려오는 황제의 모습은 실로 불가사의한 광경이었다. 특히, 그녀 주변에서 휘몰아치는 굵직한 눈송이들은 어찌 설명해야 한단 말인가.

이해할 수가 없는 상황이며 풍경이었다.

문득, 황제의 시선이 그와 닿았다.

"크으음!"

저도 모르게 신음성이 새나왔다.

'어째서?'

왜? 그가, 신음성을 내뱉은 것인가? 이게 또 의문이었다. 황당한 마음에 재차 시선을 마주하는데, 이건 또 웬일?

"으으으음!"

재차 신음성이 흘러나오는 것이 아닌가. 도통 제어가 안되는 자신의 반응에 당황하고 있을 때, 기이한 광경이 그의 시선을 사로잡았다.

휘오오오오…

황제의 주변으로 흩날리던 눈송이들이 마치 소용돌이에 휩싸인 듯, 황제를 중심으로 휘돌더니 그녀에게로 모여드는 것이 아닌가.

그러더니 이내 하나의 형상을 이루는데, 그 모습이 또 기이했다.

"갑주?"

참다못해 입 밖으로 의문을 내뱉었을 때, 이미 눈송이들은 그 형태를 갖춰지고 있었는데, 그것은 의심할 여지도 없는 기사들의 갑옷이었다.

이 즈음해서는 이미 장내의 모든 이들이 이 기묘한 광경을 눈에 담고 있었다. 그들 역시도 때 아닌 눈송이가 시선을 빼앗겨 버린 것이다.

하나 둘 시선을 하늘로 올려 보내고, 어느새 전투는 잠정적인 중단 상태로 이어졌다.

순백의 갑옷을 입고 내려오는 한 송이의 꽃!

마치 환상과도 같은 존재가 그들로 하여금 전투마저 잊게 하고 있었다.

대륙 제일의 미녀라는 말이 과언이 아닌 듯, 황제의 등장으로 모두가 숨을 죽이고 있는 사이, 어느새 그녀의 신형이 지상에 내려왔고, 고운 두 발이 지면에 닿았다.

우연일까? 아니면 의도한 것일까? 그녀가 내려선 곳은 정확히 전장의 한가운데였다.

'의도한… 거겠지.'

페르만은 마른침을 삼키며 황제를 응시했다.

어느새 전장을 가득 메우고 있는 정적 속에서 그녀가 입을 열었다.

"시선이 불쾌하군."

그 순간 묵직한 압력이 전장을 내리눌렀다.

"꿇어라!"

그녀가 명했고,

쿠웅!

일제히 무릎을 꺾었다.

'이게… 무슨?'

당혹스런 상황이었다. 페르만은 자신이 한쪽 무릎을 지면에 대고 있다는 걸 이해할 수가 없었다.

다른 망령들처럼 양 무릎을 바닥에 묻고 있지 않다는 게 그나마 위안거리라고 해야 할까?

'그럴… 리가 없잖아!'

억세게 이를 갈아 마시며 무릎에 힘을 줬다. 그 순간 그녀가 재차 명했다.

"숙여라!"

고개가 무거워졌다.

풀썩!

망령들의 시선이 바닥에 닿았다. 페르만 역시도 다른 망령들처럼 고개가 꺾이려 했으나, 오러를 일으키며 가까스로 붙잡을 수 있었다.

'도대체… 뭐가 어떻게 된 거야?'

도통 납득할 수 없는 상황의 연속에 판단력이 흐려지려했다. 억지로라도 현실을 수긍하고자 답을 찾아보니, 이역시 황당한 결론으로 이어졌다.

'별의 영역… 그 너머?'

하늘에 닿은 자!

또는, 그랜드 마스터라 불리는 전설적 존재라면 지금 이

상황이 가능하지 않을까? 하는 생각이 든 것이다.

브라만 대공의 존재로 인해 전설이 아니었다는 걸 확인할 수 있었던, 그 불가사의한 존재라면 이 말도 안 되는 상황도 어느 정도는 허용될 수 있는 범위였다.

하지만 그와 같은 결론을 내리기가 쉽질 않았다.

'황제가?'

그저 남자 하나 잘 만나서, 운이 좋아서, 그래서, 저 지고한 위치에 올랐다고 알려진 황제가 아니던가.

이를 증명하듯, 제국 '대' 회의에도 오라비인 마르셀론 공작을 대리인으로 내세우며, 그녀 스스로는 그다지 활동적인 모습을 보여주지 않으면서, 무능한 이미지에 확신을 더해주던 그녀가 아니던가.

적도의 수장이라는 위치에 있으나, 실질적으로는 그 중요도가 그리 높지 않은 특수한 존재가 바로 황제였다.

'분명, 그럴 텐데….'

그 모든 게 착각이었을까?

'지금까지 연기라도 했단 말인가.'

그렇다면 무려 20년이 넘는 시간을 거짓된 모습으로 살아왔다는 이야기가 된다.

'정말… 그게 전부 거짓이었다면?'

상상만으로도 등줄기가 서늘해졌다.

"무례하구나."

순간, 파고든 음성으로 인해 상념이 깨어졌다. 황제가
그를 향해 시선을 던져오고 있었다. 이를 악물며 고개를
바로 세운 덕분일까? 정면으로 그 눈빛을 마주할 수 있었
다.

 오싹!

 전율이 솟구쳐 올랐다.

 '거짓이다!'

 본능이 외쳤다.

 '하늘에… 닿은 자!'

 어리석다 여긴 추측이 정답이었다는 걸, 이 순간 깨달았
다.

 "짐은 분명 숙이라고 했다."

 그녀가 재차 명을 내렸고, 페르만은 입술이 찢어져라 깨
물며 무릎을 바싹 세웠다.

 "건방진 놈."

 짧은 한마디 말과 함께 그녀의 손이 움직였다.

❖

 제국의 자존심이라 할 수 있는 황궁 브레이브.

 '그것을 허문다.'

 이게 첫 번째였다.

'심장부에 발을 들여놓는다.'

이것이 두 번째였다.

"황제를… 그녀의 권위를 떨어트린다."

가면사내는 나직한 중얼거림과 함께 두 눈을 질끈 감았다.

'지금쯤이면.'

계획은 절정에 닿아 있을 것이라는 생각에, 절로 가슴이 답답해졌다. 그가 할 수 있는 최선을 다해서 명을 내려놓은 상황이기는 했다.

'…무사해야 할 텐데.'

계획대로 이어진다면 황제라 불리는 그 절대의 자리는 위태로울 수 있겠으나, 그 목숨이 위험한 일은 없을 터였다.

하지만 적도의 수장이라 불리는 만큼 확신하기가 어려웠다. 수도를 습격한 망령들에게 그 나름대로 최면을 걸어놓기는 했으나, 원한이 깊으면 이마저도 이겨낼 확률이 높았다.

게다가 문제는 그 뿐만이 아니었다.

'마르셀론 공작.'

그가 계획을 온전히 이행할지도 문제였다.

'역시… 직접 움직였어야 했나.'

지금이라도 달려가야 할까? 자꾸만 엉덩이가 들썩거렸

으나, 애써 다리를 붙잡고 버텨냈다.

'…그분을 믿자.'

운트가 직접 그녀의 안전을 약속해줬다. 그 누구보다 믿을만한 사내가 아니던가. 비록 부작용으로 인해 정신적인 문제가 발생했다고는 하나, 그래도 믿을 만한 사내였고, 믿고 싶은 리더였다.

'믿자!'

스스로를 다잡으며 애써 다른 방향으로 시선을 돌렸다. 수북한 서류들이 눈에 들어왔다.

'믿자!'

재차 마음을 다독이며 서류를 짚어들었다.

◈

갑작스러운 폭음과 함께 수도 곳곳에서 나타나기 시작한 습격자들은 아카데미에서 모습을 드러냈는데, 카이스테론 아카데미 역시 예외는 아니었다.

수도 전체를 대상으로 놓고 벌어지는 사건인 만큼, 아카데미의 자체적인 방어력으로 이를 막아내야만 했는데, 제국을 대표하는 명문다운 저력이라고 해야 할까?

카이스테론은 충분히 습격자들의 공격을 막아내고 있었다.

이미 한 차례 이와 비슷한 사건을 겪었던 경험 덕분인지, 학생들 역시도 침착하게 체계적으로 움직이며 상황을 넘겨갔다.

지금 같은 비상 상황이 발생했을 때, 교사들은 학생들을 이끌며 안전을 책임지는 이들과 아카데미의 수호에 검을 거드는 자들로 분류가 됐는데, 브로이는 이 중에서 후자 측에 속하는 부류였다.

물론, 대외적으로는 그다지 뛰어난 실력자가 아닌 까닭에, 얼굴을 가리고 행동해야만 하는 불편함이 있었으나, 그 역시도 알려지는 걸 반기지 않기에 충분히 감당할 수 있는 부분이었다.

'만만치가 않군.'

브로이는 아카데미 전체를 돌아보며, 습격자들의 실력이 상상이상이라는 걸 알 수 있었다.

가장 낮은 수준도 익스퍼트 중급은 되어 보였는데, 그런 이들도 오러량 만큼은 상급을 넘보는 수준으로써, 아카데미의 견고한 수비력으로도 진땀을 빼게 만들 정도였다.

그래도 마법학부 교사들의 적절한 지원 덕분에, 습격자들이 아카데미의 외벽을 넘는 사태는 발생하지 못했다.

'다른 아카데미는 피해가 크겠네.'

제국을 대표하는 카이스테론이기에 이 정도에서 그친 것이지, 타 아카데미의 경우에는 적잖은 손실을 봤을 것으로 예상됐다.

가장 위기라 할 수 있는 초기 습격의 기한이 지나가며, 얼추 아카데미 수비력에 안정감이 돌기 시작했다고 여겨질 즈음, 호흡도 고를 겸 슬쩍 전방에서 물러난 그의 시선이 아카데미 외부로 향했다.

워낙 어지러운 수도의 상황 때문일까? 별의 영역에 이른 그의 감각으로도 많은 정보를 습득하기가 어려웠다.

하지만 그 와중에도 굵직굵직한 내용들은 감각에 잡혀들었다.

가장 대표적인 게 바로 쿠너와 운트의 승부였다.

별들의 전쟁인 만큼, 당연히 관심이 갈 수밖에 없었다. 모르긴 몰라도 수도의 기사들 상당수가 그들의 전투를 인지했을 터였다.

단지, 그럼에도 불구하고 그곳에 신경을 둘 수 없을 정도로 상황이 급박하기에, 관심을 기울이지 못하는 것이었다.

상당한 거리를 두고 벌어진 전투인지라, 전투의 정확한 결과까지는 알 수 없었다.

하지만 그 둘의 격전이 끝났다는 것 정도는 알 수 있었다. 거대한 힘의 충격파를 끝으로, 그들에게서 밀려들던 파동이 사라진 까닭이었다.

'누가 이겼을까?'

혹은 누가 살아남았을까?

짤막한 의문을 끝으로 그의 시선이 새로운 방향으로 이동했다. 그곳에는 제국 수도의 자랑이라 불리는 거대한 탑이 서 있었다.

거기에서도 아찔할 정도의 충격파가 연신 터져 나왔는데, 제국 수도의 심장부에서 이 같은 상황이 발생한다는 것이 그의 시선을 잡아끌었다.

'대담하다고 해야 하나⋯.'

애초에 수도를 습격했다는 부분에서 대담하다는 말로 부족한 걸지도 몰랐다.

감각을 집중한 덕분일까? 탑 주변의 공기가 들끓고 있다는 게 느껴졌다. 이를 통해 그곳에서도 전투가 벌어지고 있음을 알 수 있었다.

그 열기 속에서 유난히 감각을 자극하는 두 개의 투지를 읽었다.

'마스터인가.'

그곳에서 새로운 별들의 대전이 시작되려 하는 걸 느꼈다.

분명, 그렇게 여겼다.

하지만 그의 예상과 달리, 별들의 전쟁은 이뤄지지 않았다.

그럼에도 불구하고,

'이건, 대체… 무슨?'

별은 추락했다.

◈

피와 광기가 넘실대는 수도의 풍경에, 흥겹다는 얼굴로 주변을 돌아보던 두 사내, 그레일과 팩터의 표정에 일순 금이 갔다.

"눈치 챘냐?"

그레일이 팩터를 향해 나직이 물었다. 이에 팩터가 고개를 끄덕이며 시선을 한쪽으로 보냈다.

"수도에 괴물이 또 있나 보다. 썩을!"

거친 팩터의 음성에 그레일이 미간을 구기며 동의했다.

"마스터만 풍년이 아니었군."

앞서, 쿠너와 운트가 벌인 승부에 대해 인지하고 있었다. 그들 역시도 별의 영역에 이른 존재다보니, 민감하게 반응할 수밖에 없었다.

거기에 더해 에밀과 프레만이 내비쳤던 기세 역시도 인지하고 있었다.

여기까지는 그들도 나름 흥겹게 감상할 수 있는 부분이었다. 하지만 갑작스레 생각지도 못한 복병이 등장해버렸다.

"하늘⋯인가?"

그레일의 짧은 한마디에 팩터가 입술을 삐죽였다.

서리왕과 학살자라 불리는 그들이라도, 아직은 닿지 못한 영역의 존재가 저 거대한 탑 아래에 강림했음을 알았다.

"오싹하네."

두 사람은 동시에 중얼거리며 몸을 부르르 떨었다. 검작공 오르카와의 아픈 추억이 떠오른 까닭이었다.

❖

찰나의 순간, 단 한번 내비친 기운이었으나, 그 정체를 파악하기에는 충분한 시간이었다.

"소수⋯."

제튼의 눈가에 옅은 그늘이 졌다.

'망할 놈!'

원망의 언어가 목구멍까지 차올랐다.

소수마공(素手魔功)!

황제가 익힌 연공법의 정체로서, 천마가 황제에게 직접 전수한 무림세상의 신공이었는데, 중요한 건 제튼이 이러한 사실에 대해 전혀 몰랐다는 점이었다.

과거, 카이든을 보러 왔다가 우연찮게 먼발치서 황제를 눈에 담고, 그때서야 황제 내부에 숨겨진 거력을 발견할 수 있었다.

천마의 세상에서도 단연 손에 꼽히는 연공법 중 하나였다.

이 연공법은 일인전승(一人傳承), 즉 단 한명의 제자만을 둔 채 이어져 내려오는 것으로써, 천마의 세상에서도 신비롭기로는 단연 최고로 알려져 있었다.

일인전승의 특징이라고 해야 할까? 그들의 연공법은 기본적으로 그 기세를 숨기는 것 역시 포함하고 있었는데, 이는 조직이 아닌 개인으로써 계승을 이뤄야 하는 만큼, 불필요한 다툼을 피하고자 자연스레 형성된 흐름이었다.

'소수마공의 은밀함은 그 중에서도 최고지.'

그 때문에 제튼 역시도 직접 보고서야 확인할 수 있던 것이 아니던가.

언제? 어떻게? 그녀에게 소수마공의 연공법이 전해졌는지는 알 수 없으나, 눈치 챈 시점에 이미 별자리의 힘을 얻은 상태였다.

'그게 겨우 5년 전이었건만⋯'

놀랍게도 벌써 그 너머의 영역에까지 닿아 있었다.

'그녀와 상성이 좋았던 걸까?'

모를 일이었다. 단지, 한 가지 확실한 건, 이제는 그녀가 저 거짓된 황궁에서도 스스로 바로 설 수 있는 힘을 길렀다는 점이었다.

"뭘 그리 보고 계십니까?"

문득 들려온 음성에 제튼의 시선이 돌아갔다. 제법 기력을 찾은 듯, 쿠너가 가볍게 몸을 풀고 있는 게 보였다.

혹시나 하는 마음에 물었다.

"못 느꼈냐?"

"…뭘요?"

아무래도 쿠너는 조금 전, 그 아찔한 기운을 인지하지 못한 듯싶었는데, 이는 그의 몸 상태가 생각 이상으로 좋지 않기에 전체적인 감각이 어그러진 까닭이었다.

"뭔 일 있었습니까?"

의문을 내비치는 쿠너의 모습에 제튼은 고개를 절레절레 저어 보이기만 할 뿐이었다. 이 모습에 쿠너가 눈살을 찌푸렸다.

"너도 아직 한참 멀었다. 에휴…."

왠지 신경쓰이는 한숨소리였다.

"선생님?"

때문에 슬쩍 음성에 힘을 담아 스승을 불렀으나,

"에휴…."

오히려 한숨소리만 커질 뿐이었다.

"선생님."

재차 스승을 부르며 감정을 전하지만,

"에휴……."

반응은 변함이 없었다.

"선생님!"

결국, 제자의 언성이 높아졌고, 기다렸다는 듯 스승은 달디 단 꿀밤을 하사해줬다.

◈

순백의 설원 위에 눈송이가 떨어지듯, 새하얀 손 위로 서리가 내려앉는 것을 보았다.

그리고,

'이게… 무슨?'

찰나간의 기억이 날아가 버렸다. 시야 가득 들어오는 맑은 창공의 풍경만이 그의 현 위치를 말해주고 있을 뿐이었다.

'바닥?'

어째서 그의 등이 지면에 닿아있는 것일까? 의문과 함께 그의 본능이 하나의 이미지를 그려줬다.

"으음…."

신음성이 절로 새나왔다.

'당한 건가.'

그녀, 황제의 손이 인식의 한계를 넘어 그를 가격했음을 알았다. 가격 부위는 쉬이 알 수 있었다. 울컥거리는 내부의 상태와 부러진 갈비뼈로 인해 모를 수가 없었다.

힘겹게 몸을 일으켜 주변을 돌아보자, 전방에서 황제가 그를 내려다보는 게 보였다. 시선이 마주하자 그녀가 짧게 한마디를 던졌다.

"숙여라."

앞서와 같은 명이 그에게로 떨어졌다. 하지만 들어줄 생각이 없었기에 양 무릎에 힘을 줬다.

푸욱!

그 순간 짜릿한 고통이 밀려들었다. 이번에는 어떻게 된 상황인지 똑똑히 봤다.

황제의 손이 움직이고 새하얀 기류가 그의 무릎을 뚫고 지나간 것이다. 갑작스런 상황에 제대로 된 반응을 보일수도 없었다.

"고개가 뻣뻣하구나."

그 말과 함께 황제가 물었다.

"이름이 뭐냐?"

갑작스런 질문에 잠시 주저하던 그가 짧게 답했다.

"페르만."

고개를 끄덕인 황제가 재차 물었다.

"마르셀론 공작과의 관계는?"

오싹한 소름이 등줄기를 타고 치솟았다.

'이거구나!'

저 같은 힘을 지니고서도 굳이 그들을 한번에 쓸어버리

지 않은 이유를 깨달았다.

'한 번에 쳐내려는 거구나.'

마른침을 삼킨 그가 조심스레 물었다.

"얼마나 오랜 시간을 속여 온 것이오?"

세상이 알고 있는 황제는 한 떨기 가녀린 꽃과 다를 게 없었다. 대공이 사라진 뒤로 제 목소리 한 번 제대로 내지 못하는 여리고 나약한 여인일 뿐이었다.

하지만 오늘 마주하고, 그 모든 게 거짓이었음을 알았다. 그 때문일까? 새삼 그녀가 두렵다는 생각이 들었다.

"속였다고 했느냐?"

문득, 들려온 그녀의 음성에 머릿속을 채우던 상념들이 날아갔다.

"언제부터 속여 온 거요?"

재차 질문을 던졌다. 그러자 그녀가 딱딱하게 굳은 얼굴로 입을 열었다.

"참았다는 생각은 안 드느냐?"

무엇을?

의문이 그대로 얼굴에 드러났다. 하지만 입 밖에 내지는 못했다. 돌연 밀려든 압력이 그의 고개를 바닥으로 내리누른 까닭이었다.

어느새 다가온 에밀의 그의 목을 붙잡고 있었다. 갑작스런 상황에 흙먼지가 목구멍까지 비집고 들어왔다.

'빌어먹을….'

욕짓거리가 치솟았으나, 에밀의 억센 아귀힘으로 인해 목 언저리만 맴돌 뿐이었다.

그런 그를 내려다보던 황제의 시선이 슬며시 옆으로 돌아갔다. 조금 전까지 그녀가 서 있던 탑의 입구가 보였다.

'오랜 시간이었지.'

머릿속으로 탑의 주인이 그려졌다.

'…그와 같은 힘을 얻는데까지. 너무 오랜 시간이었어.'

겨우겨우 벽을 넘고, 그와 같은 위치에 섰다는 확신이 들었기에 멈춰있던 걸음을 내딛은 것이다.

그녀의 시선이 다시금 제자리로 돌아왔다. 땅바닥에 얼굴을 붙이고 굴욕적인 자세를 취하고 있는 페르만의 모습이 눈에 들어왔다.

"다시 묻겠다. 마르셸론 공작과는 무슨 관계지?"

그녀의 물음에 에밀의 손이 들려지고, 흙투성이가 된 페르만의 얼굴이 전방으로 향했다.

입술을 질끈 깨물며 질문에 대한 답을 회피했다.

꽈득!

짜릿한 통증이 뒷목을 엄습했다. 에밀이 대답을 재촉하고 있는 것이다. 애초에 죽음을 각오하며 이곳에 온 것이 아니던가. 이 정도 통증에 굴복한 생각은 없었다.

'황제.'

문득, 눈앞의 저 순백의 여인에 대한 세상의 시선이 떠올랐다.

장미, 백합, 목련, 들국화 등등의 다양한 꽃의 이름이 그녀를 표현하고자 뒤따르고는 했다. 하지만 그 누구도 그녀에게 어울리는 꽃의 이름을 붙일 수가 없었다.

이는 그녀를 사모하는 가면사내 역시도 마찬가지였다.

〈그녀는… 절벽에 핀 고고한 꽃입니다.〉

그저 '꽃'이라고 표현하는 게 전부였다. 하지만, 오늘, 지금 이 순간, 페르만은 그녀에게 어울리는 꽃의 이름을 떠올릴 수 있었다.

'황제!'

물론, 이것이 꽃의 이름이라고 할 수는 없었다. 그러나 오직 그 한 단어만이 그녀를 대변할 수 있다고 여겼다.

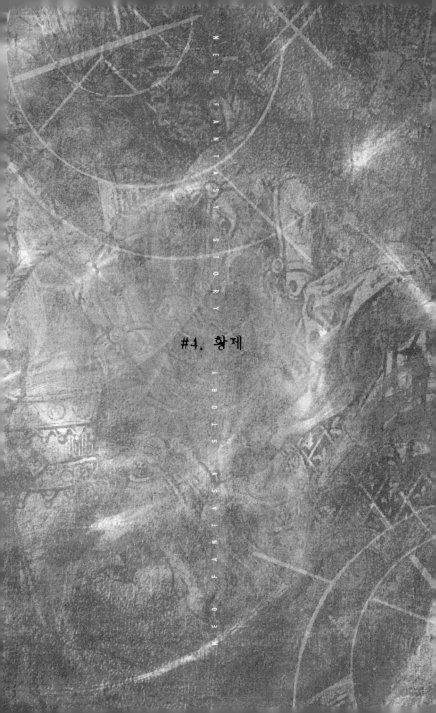

#4. 황제

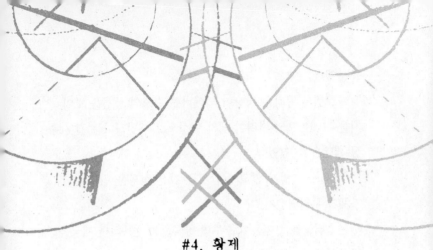

#4. 황제

저 앞으로 피어오르는 시커먼 연기들이 수도에 발생한 이변을 말해주고 있었다.

"이럇!"

자연스레 속도를 더하며 수도의 정문을 향해 질주했다. 훤히 열린 정문을 통해 어렴풋이 보이는 내부의 풍경이 예상했던 상황을 고스란히 내비쳤다.

'대단하군.'

아카데미 습격사건 당시에도 저들 그레이브의 과감성에 적잖이 놀랐었다. 앞서의 경험 덕분에, 내심 어느 정도는 마음의 준비를 하고 있었다. 그럼에도 불구하고 수도 내부의 풍경은 또 다시 눈을 동그랗게 만들기에 충분했다.

마르셀론 공작은 엉망이 되어버린 수도의 풍경을 보며, 저들 그레이브의 저력이 생각 이상으로 대단하다는 걸 새삼 깨달을 수 있었다.

'하긴… 그렇지 않고서야 지금 같은 상황을 만드는 것 자체가 무리였겠지.'

몬스터들을 끌어들이고 주변 왕국들을 선동하며 제국을 긴장시킨 게 저들의 수완이었다.

이런 저들의 능력을 알기에, 지금 가는 이 길의 끝에 무엇이 기다리고 있는지 역시도 충분히 짐작할 수 있었다.

그가 그토록 그리고 바래왔던 무대가 마련되어 있을 터였다. 그 때문일까? 괜스레 가슴이 쿵쾅거리며 뛰기 시작했다. 연달아 마른침을 삼키며 속을 달랜 그가 목청을 높여 외쳤다.

"전속, 진군!"

짤막한 그 두 마디에 주변의 기세가 일변했다. 굳이 목표가 어디인지는 외칠 필요가 없었다.

이미 그가 최선두에 서서 모두를 이끌기 시작한 까닭이었다.

저들에게는 오로지 그의 등이 목적지일 뿐이었다.

수도 전역에 걸쳐 발생한 갑작스런 습격사건과 그로 인한 혼란은 여전히 이어지고 있었다.

　하지만 그 모든 소용돌이의 중심지라 할 수 있는 장소, 황궁은 생각보다 일찍 소란을 끝마치며, 바깥과 다른 풍경을 만들어내는 중이었다.

　'변수가 너무 컸지.'

　그리 생각하는 제튼의 머릿속으로 황제의 얼굴이 떠올랐다. 저들 그레이브가 생각지도 못했던 변수가 바로 그녀였기 때문이다.

　별의 영역마저도 넘어버린 그녀의 능력은 확실히 놀라운 것이었다. 특히, 중간에 훔쳐보던 감각을 꿰뚫어보던 모습에는 그도 적잖게 놀라야만 했다.

　물론, 빠르게 기척을 숨긴 덕분에 들키지는 않았으나, 한 가닥 의문을 남기는 건 어쩔 수 없었다.

　이를 통해서 그녀가 그저 별의 영역을 넘어 하늘에 닿은 정도가 아닌, 충분히 저 구름 너머의 세상을 유영하고 있다는 걸 알게 되었다.

　그녀에게 놀라는 한편, 새삼 소수마공의 대단함 역시 느끼는 순간이기도 했다.

　제튼의 시선이 황궁방향에서 수도의 정문 쪽으로 돌

아갔다.

'어떻게 되려나.'

그곳으로 이 무대의 마지막 배역이 등장하고 있었다.

마르셀론 공작!

저들 남매의 만남이 어떤 결말로 이어지게 될지, 의문을 품으면서도 대충 예상하는 방향이 있었기에, 그의 표정이 좋을 수만은 없었다.

❖

"이런, 씨벌!"

절로 욕짓거리가 나왔다.

"그만 좀 달려들어라."

쉴 새 없이 칼부림을 하며 덤벼드는 흑의인들로 인한 것이었는데, 홧김에 힘을 쓰자니 서 있는 장소가 두려웠다.

제국의 수도 크라베스카!

"아오! 성질 같아서는 그냥."

애써 화를 누르며 달려드는 이들을 최소한의 힘으로 제압하고 있었는데, 항상 힘을 폭발시키던 버릇 때문인지, 이 같은 힘 조절이 오히려 더욱 진땀을 나게 만들었다.

"성질대로 할 수도 없고."

자칫 잘 못 했다가 '그'에게 들킬까 두려웠다. 이곳에 온 이유가 '그' 때문이건만, 막상 도착하자 '그'를 만나기가 꺼려지다니, 참으로 웃기지도 않는 상황이었다.

'그냥, 산으로 돌아갈까.'

귀찮은 상황이 연달아 이뤄지니, 자연스레 산 생각이 간절해졌다.

산의 제왕!

세상이 그에게 붙인 이름이었다. 그런 이유 때문인지 자연스레 산으로 마음이 가는 것이다.

수도 근처만 빙빙 돌다가 겨우겨우 입성했더니, 이처럼 골치 아픈 사태가 발생해 버렸다. 그렇잖아도 몸을 사리고 싶은 생각이 간절한데, 이 같은 상황이 이어지니 절로 정나미가 뚝 떨어지는 것이다.

그럼에도 불구하고 발길을 돌리기가 어려운 건, 그를 부른 게 바로 브라만 대공이라는 점이었다.

"아오, 씨벌!"

솟구치는 욕짓거리를 거침없이 게워내는 그의 시선이 한 방향으로 돌아갔다.

앞서 그를 몸서리치게 만들던 기운의 근원지였다.

'대공 말고도 이런 괴물이 살고 있었다니.'

황궁 방향에서 발생했던 그 소름끼치는 한기를 떠올리자 재차 등골이 오싹해졌다.

"으… 확실히 오래 있을 곳이 아니야."

빨리 이곳을 뜨고 싶었으나, 그러자면 대공을 만나야 한다고 생각하니, 또 다시 머리가 아파왔다.

서걱!

상념에 너무 깊이 빠져버린 것일까? 흑의인의 칼에 팔이 베어버렸다. 깊지 않은 상처였으나, 그 따끔한 고통 때문인지 순간적으로 머리가 뜨겁게 달아올랐다.

"이런 쌍!"

그도 모르게 기운이 폭사되었고, 다시 정신을 차렸을 때는 이미 주변은 폐허가 된지 오래였다.

"…아차!"

뒤늦은 깨달음에 뒷목이 뻐근해져왔다.

❖

황궁에 고정되어있던 오르카의 시선이 잠시 그곳에서 벗어났다.

"그새 들어왔었네."

수도 외부로만 빙빙 돌던 팔룬의 기척을 내부에서 느낀 것이다.

팔룬에 대해 떠올리니 절로 실소가 나왔다.

'생각보다 겁쟁이란 말이지.'

그가 얼마나 오랜 시간을 수도 외부에서만 떠돌았는지를 알기 때문이었다.

"산왕?"

그의 칭호를 떠올리고 있자니 절로 웃음이 나왔다.

'살왕이라고 하는 게 더 어울리지. 큭!'

그녀의 감각으로도 쉬이 찾기가 어려울 만큼 기척을 감추던 팔룬의 능력을 생각하니, 더욱 웃음이 멈추질 않았다.

'이놈은 얼마나 팔팔하려나.'

앞서, 서리왕과 학살자라 불리는 두 명의 별을 상대하며, 제대로 몸을 풀었던 기억에 새삼 기대가 차올랐다.

거기까지 생각하던 오르카의 시선이 원래의 자리로 돌아왔다.

'우선은….'

저 멀리 감탄이 절로 나오는 미녀가 보였다.

팔룬이라는 별의 등장에도 불구하고, 당장 그녀의 가슴에 불씨를 지핀 존재는 따로 있었다.

황제!

상상도 못한 능력을 봐버린 까닭인지, 절로 심장이 뜨거워졌다.

'…저쪽이 먼저겠지.'

문득, 황제의 고개가 그녀에게로 향했다. 먼 거리를 격하고 두 여인의 시선이 맞닿았다.

"기대되는데."

벌써부터 손이 근질거렸다.

◈

잠시, 저 멀리서 느껴지는 시선에 호응해주던 황제가 두 눈에 이채를 띠며 다른 방향으로 고개를 돌렸다.

수도 정문으로 익숙한 기척이 들어서고 있었다. 드디어 이 무대의 대미를 장식할 마르셀론 공작이 도착한 것이다.

빠른 속도로 달려오고 있는 게 느껴졌다. 그녀가 고개를 끄덕이며 주변을 돌아봤다.

프라임 기사단에 제압된 그레이브의 망령들이 보였다.

페르만의 충격적 패배에도 불구하고, 저들 망령들은 최선을 다해 저항을 해 보였다.

그럼에도 불구하고 결국 그들은 프라임 기사단의 벽을 넘지 못했다.

과연, 제국을 대표하는 3대 기사단이라고 해야 할까? 프라임 기사단은 뛰어난 실력자들로만 구성된 망령들을 상대로 조직적인 대응을 했고, 이는 그들의 승리로 이어질 수 있었다.

물론, 페르만의 빈자리 역시 컸다.

에밀이 건재한 프라임 기사단과 달리, 망령들의 경우에

는 그들을 이끌어야 할 페르만이 너무 빠르게 제압당하며, 망령들의 버팀목 역할을 해주지 못한 것이다.

'오라버니를 옭아매려면 좀 더 나약한 모습을 보이는 게 맞겠지.'

당해주는 역할을 자처한 뒤, 가련한 여인을 연기하며 그럴싸한 미끼를 던져주는 게 가장 이상적인 시나리오였다.

하지만 그녀는 과감히 이와 같은 선택지를 버렸다.

이유는 간단했다.

'보고 있겠지?'

수도 정문방향으로 향했던 그녀의 시선이 뒤편으로 돌아갔다.

요란한 외부의 소란에도 불구하고, 여전히 고요한 황궁의 분위기가 그녀의 입 꼬리를 들어올렸다.

황궁의 수비들을 내보내고, 의도적으로 황궁에 깊은 정적을 만들어냈다. 하지만 그렇다고 해서 아주 소란이 없는 건 아니었다.

비어버린 수비대의 자리에 다른 이들이 앉아있는 까닭이었다.

'파스카인 공작!'

귀족파의 수장격인 그를 불렀다. 또한 그의 오른팔이라 할 수 있는 이들과 다른 대귀족들 역시 저곳에 배치시켰다.

무대가 있고 배역이 있었다.

'당연히 관객도 있어야겠지.'

그 관객석에 대귀족들을 모은 것이다. 보이지 않는 소요
가 황궁 깊숙한 곳에서 느껴졌다.

특히, 그들 중에서도 파스카인 공작의 충격이 가장 컸으
리라고 여겨졌다.

그랜드 마스터!

과거, 대공이 보여주던 그 전설적 경지를 오늘 선보인
것이다. 다른 귀족들은 이를 제대로 알아보지 못할 수도
있었다. 하지만 단 한명, 파스카인 공작만큼은 다를 터였
다.

그 역시 별의 영역에 올랐고, 어렴풋이 그 너머에 대한
흔적을 느끼고 있는 까닭이었다.

때문에 보여준 것이다.

황제!

그 단어에 담긴 의미가 어떤 것인지, 그녀가 어떤 지도
자인지, 이 무대를 통해 저들에게 똑똑히 인식시킬 생각이
었다.

뒤편, 황궁으로 향해있던 그녀의 시선이 다시금 전방으
로 돌아갔다.

무너져 내린 브레이브의 외벽 너머로 기다리던 존재가
다가오고 있었다.

'오라버니.'

마지막 배역의 등장이었다.

❖

저 앞으로 엉망이 되어버린 황궁의 외벽이 보였다. 그 단단한 황궁의 외벽을 저렇게 만들어버린 그레이브의 능력에 재차 감탄하면서, 더욱 거칠게 말을 재촉했다. 외벽을 확인하고 나자 마음이 급해진 것이다.

헌데, 황궁이 가까워지자 이상한 부분이 그의 감각을 파고들었다.

'너무 조용하군.'

소란이 한창이어야 할 수도의 심장부가 생각 이상으로 고요했던 것이다.

그 와중에 시야에 잡힌 얼굴이 또 의외였다.

'아미르.'

부서진 외벽 너머로 황제가 서 있었는데, 그녀가 먼 거리를 격하며 그에게로 시선을 던져오는 게 아닌가.

비록 시야에 들어왔다고는 하나, 그와 그녀의 거리는 결코 한눈에 담아낼 정도의 거리가 아니었다.

'최소한 익스퍼트급은 되야…'

그 즈음에 마르셀론 공작의 표정이 살짝 굳어졌다.

'그런 건가.'

그녀 역시도 대공에게 무언가를 배웠다는 결론이 났다. 한 번쯤은 생각해봤던 부분이라서, 단번에 여기까지 생각이 닿은 것이다.

중요한 건 '배움'에 관한 게 아니었다.

'어느 정도냐.'

그녀의 '실력'에 대한 부분이었다. 거리가 좀 더 가까워지며, 황제 주변의 풍경이 좀 더 자세히 들어오기 시작했다.

'허억!'

문득, 그의 가슴 한편이 서늘해졌다.

프라임 기사단!

엉망으로 망가져 있어야 할 그들이 위풍당당한 모습으로 그녀의 뒤편에 시립해 있는 것이 아닌가.

마르셀론 공작의 시선이 바쁘게 외벽 너머를 살펴갔다. 그리고 이내, 너부러져 있는 망령들의 모습을 눈에 담을 수 있었다.

확인과 동시에 두 눈이 질끈 감겼다.

'설마… 실패인가.'

불길한 예감이 그를 휘감았다. 그 때문일까? 어느새 질주하던 말의 속도가 줄어들고 있었다.

감았던 두 눈을 떴을 즈음에는 스치듯 지나가던 주변 풍경이 느릿하게 흘러갔고, 열기 가득하던 그의 얼굴은 이미 싸늘하게 식어버린 상태였다.

'아미르!'

저 앞에서 황제가 그를 보며 웃고 있었다. 아찔한 전율
이 등가를 치고 지나갔다.

무너져 내린 황궁의 외벽을 넘어 제국의 심장부로 발을
들이자, 심장의 주인이 기다렸다는 듯이 질문을 건네 왔
다.

"생각보다 일찍 왔군."

그 순간 마르셀론 공작의 눈가에 이채가 스쳐갔다.

비록 황제라고는 하나, 어찌되었건 오라비라는 이유만
으로 반쯤은 존대를 해주던 그녀였다. 하지만 오늘, 지금
이 순간, 그녀는 더 이상 그를 오라비로 대우하고 있지 않
았다.

대번에 그의 계획이 들켰다는 걸 알 수 있었다. 전부가
들통 났다고는 생각지 않았다. 보안에 관해서만큼은 철저
히 신경을 쓴 까닭이었다.

하지만 그가 지니고 있는 불순한 마음 정도는 알려졌을
것으로 여겼다.

애써 침착함을 유지하며 말문을 열었다.

"황제 폐하를 보필하는 제 역할을 충실히 하고자, 밤낮
없이 달려왔나이다."

그러며 고개를 깊숙이 숙여 보였다. 이를 통해서 혹여나 드러났을지도 모르는 표정의 변화까지 완벽히 감출 수 있었다.

　"보필이라…."

　말끝을 길게 늘어뜨리던 황제가 마르셀론 공작에게로 걸음을 옮겼다.

　점차 그 둘의 거리가 가까워지고, 어느새 바로 코앞에 도달했을 즈음, 그녀가 속삭이듯 물었다.

　"그런데 왜 역모를 꾀한 거지?"

　뒷목이 뻐근해지는 질문이었다. 심장이 쿵 하니 내려앉는 기분이었으나, 애써 가슴을 달래며 입을 열었다.

　"그… 무슨 말씀이신지. 제가 어찌 그런 불순한 마음을 품을 수 있겠…."

　"증거와 증인이 필요해?"

　답변이 채 이어지기도 전에 황제가 이를 끊어내며 새롭게 운을 띄웠다.

　'증거? 증인?'

　그야말로 등골이 오싹해지는 단어였다.

　정말로 그런 게 있을까?

　한 줄기 의문이 머릿속을 두드리며 지나갔다.

　'그럴 리… 없다!'

　저들, 그레이브와의 만남은 철저한 통제 아래서 이뤄졌

다. 결코 황제의 눈과 귀에 들어갈 이유가 없었다.

'이건 미끼다!'

그를 낚으려는 황제의 음모라는 걸 직감했다.

"무언가 착오가…."

"내 말을 의심하는 모양이군."

또 다시 황제가 그의 말을 끊어냈다.

"어찌 소신이 그런…."

"증인이라면 여기 널려있다."

황제의 중간개입으로 인해, 무어라 말을 잇기가 어려웠다. 하지만 그런 부분에 대한 짜증보다는 황제가 말한 내용에 관심이 갔다.

'널려있다고?'

바닥을 향했던 고개가 들려지고, 이내 황제의 손길을 쭈욱 따라갔다. 여기저기 널려있는 망령들의 모습이 보였다.

말도 안 되는 이야기였다. 어찌 저들만 가지고 증인이니 뭐니 할 수 있단 말인가. 이 부분을 짚어내려는 찰나, 황제가 품 안에서 무언가를 꺼내들었다.

"그리고 증거라면 여기에 있다."

손 안에 쏙 들어오는 철판이었는데, 그것이 마법물품이라는 건 단번에 알 수 있었다.

"너와 역도들의 만남이 담겨있지."

마르셀론 공작의 얼굴이 굳어졌다.

'그럴 리가….'

철저한 보안을 했기에 결코 들켰을 리가 없다는 믿음이
흔들렸다.

실제로 이는 그의 생각이 맞았다. 황제가 건넨 마법물품
에는 마르셀론 공작과 그레이브의 만남에 관한 영상은 존
재하지 않았다.

하지만 의심이 될 만한 영상은 담겨있었는데, 이는 극히
오래전의 것으로써, 그레이브와 공작의 만남이 이뤄지던
초기의 모습이었다.

아직 제국의 정보력이 온전하던 당시의 것이었다. 안타
깝게도 이후의 내용은 존재하지 않았다. 아니, 존재할 수
가 없었다.

삼공작들에 의해 제국의 정보력이 갈가리 찢기며 분산
되고, 그나마 있던 정보력도 마르셀론 공작의 통제에 들어
가면서, 그를 감시하는 게 어려워진 까닭이었다.

"혹시 이것만으로 부족하다면, 좀 더 괜찮은 증거와 증
인이 있지."

황제가 그 말과 함께 가볍게 고갯짓을 하는데, 그 순간
마르셀론 공작의 기사단 측에서 한명의 기사가 걸어 나왔
다.

'설마?'

이 갑작스런 상황에 마르셀론 공작의 얼굴이 굳어졌다. 급히 다가오는 기사를 확인하던 공작의 표정에 균열이 갔다.

'베르만!'

4년 전 즈음, 그가 거둬들인 기사였다. 용병으로 활동하던 자로써, 그 나이가 제법 많은 게 흠이기는 했으나, 오랜 용병생활을 통한 실전감각과 경험, 노련미가 인상적이라 거둬들인 자였다.

특히, 그 중에서도 가장 마음에 든 것은, 실력에 걸맞지 않는 오러량이었다.

겨우겨우 그 흔적만이 보이는 수준으로써, 그의 연공법에 대한 실험대상으로 쓰기에 딱 알맞은 상대였다.

혹여 실패하더라도 버리기 좋은 말이라는 생각도 있었다. 그가 직접 키워온 그레이 울프 용병대를 위한 희생양으로 쓸 의도로 키웠다.

하지만 그의 이 같은 생각을 뒤집기라도 하듯, 베르만은 그의 연공법을 충실히 받아들였고, 상당한 수준으로 성장하기에 이르렀다.

홀로 활동하던 탓에, 적잖게 거칠고 투박했으나, 그 재능이 남달랐기에 정식으로 그레이 울프로 포함시키며, 그를 마음에 품기로 했다.

헌데, 설마, 그가!

'황제의 사람이라고?'

믿을 수 없었다. 철저한 조사 끝에 받아들인 자였다. 저도 모르게 아랫입술을 질끈 깨무는데, 문득 괴이한 장면이 눈에 들어왔다.

뚜둑…뚜두둑…

다가오던 베르만의 얼굴이 엉망으로 뒤틀리는가 싶더니, 이내 전혀 다른 얼굴로 변해가는 것이 아닌가.

마치 마법과도 같은 광경이었는데, 놀랍게도 그것은 마법과는 전혀 다른 종류의 것이었다.

전혀 생각지도 못한 생소한 종류의 기현상에, 문득 떠오르는 얼굴이 있었다.

'브라만?'

그의 흔적을 느꼈다. 상상 밖에 존재하는 기예들의 대부분은 항시 그에게서 시작되었던 까닭이었다.

설마설마 싶던 마음에 짙은 불안감이 새겨지기 시작했다.

첩자!

바르르 눈가에 경련을 일으키는 그에게 황제의 음성이 속삭이듯 파고들었다.

"그대와 삼공작들이 망쳐놨던 흑사자 기사단을 기억하느냐?"

그 물음에 오싹하니 소름이 끼쳤다.

'설마… 베르만이? 말도 안 된다!'

믿을 수 없었다. 그도 그렇게 흑사자 기사단이라고 하면, 알려지진 않았으나 저들 제국 3대 기사단 못지않은 실력파들만 존재하는 단체였다.

과거, 삼공작과 그의 물밑작업으로 인해 이름만 존재하는 유령기사단이 되어버린 단체이기도 했다.

때문에 흑사자 기사단이라는 소리에 놀랄 수밖에 없었다.

물론, 유령기사단이라고는 했으나, 여전히 소수의 인원이 남아있으니 충분히 그 이름이 나올 수도 있었다. 하지만 그렇다면 마르셀론 공작이 확인했던 그의 실력은 무엇이란 말인가.

'…오러를 익힌 적이 없었건만.'

소량의 오러가 있기는 했으나, 그건 순수하게 체술과 단련을 통해 자연발생 수준의 미미한 오러였다.

결코, 흑사자 기사단의 단원이 지니고 있을 오러량이 아니었다.

때문에 더욱 전율이 이는 것이기도 했다.

'설마… 맙소사!'

그 같은 상황을 꾸며내기 위해서 필요한 조건을 떠올려 버렸다.

오러 소멸!

말 그대로 내부의 오러를 전부 버린 것이다. 그렇게 해서 그 흔적만 남겼으리라. 또한 오러의 통로가 비좁게 만들고자 마치 폐인과도 같은 생활도 유지했을 것이다.

어느새 황제의 곁으로 다가온 베르만이 한쪽 무릎을 바닥에 붙이고 허리를 깊게 숙이며 외쳤다.

"흑사자 기사단 제 3조장 밀러 베인. 황제 폐하를 뵙습니다!"

마지막 한 가닥 기대마저도 무너져 내리는 외침이었다.

'밀러… 베인.'

제국의 정보를 총괄하던 위치에 있던 덕분에, 그 이름을 모를 수가 없었다. 브라만 대공을 위해 얼마든 바닥 생활을 견뎌냈다는 기사였다. 그 뛰어난 실력에도 불구하고 언제든 그 정체를 숨기며, 신입생활에 발을 들였다는 내용을 봤던 게 떠올랐다. 그 충심에 감탄했던 기억이 있어, 대번에 그를 기억할 수 있었다.

'아니. 아직은 아니다!'

부서져 내리는 희망의 끈을 힘겹게 붙잡았다.

베르만이라는 존재가 비록 그의 마음에 들어왔다고는 하나, 겨우 끄트머리에 서 있는 존재였다. 그가 지닌 정보는 그리 크지 않을 터였다.

스스로를 다독이며 감정을 추슬렀다. 흔들리는 표정 역시도 바로잡았다. 이 모든 변화는 그야말로 찰나 간에 이뤄졌다. 하지만 안타깝게도 황제는 그 찰나를 놓치지 않았다.

"불안한가?"

그녀의 물음에 마르셀론 공작이 침착히 입을 열었다.

"저는 언제나 폐하만을 위해 움직일 뿐이옵니다."

그러니 역모라는 말은 거둬달라는 의미였다.

"글쎄…."

황제는 그리 중얼거리며 밀러를 향해 손짓했다. 그러자 밀러가 품 안에서 앞서와 같은 철판을 꺼내 건넸다.

"여기에는 또 얼마나 재밌는 증거가 담겨있을지, 기대되는군. 하지만…."

문득, 그녀가 말을 멈추더니 재차 마르셀론 공작의 수하들에게로 시선을 보냈다.

그 행동의 의미를 읽은 마르셀론 공작의 표정에 또 다시 균열이 일었다. 마른침을 삼키며 뒤를 돌아보니, 그의 수하들 사이에서 세 명의 사내가 움직이는 게 보였다.

그들 중 두 명은 기존의 그레이 울프 단원이었고, 나머지 한 명은 그레이브에서 그를 위해 보내온 요원 중 한명이었다.

앞서, 밀러와 같은 모습으로 그들의 얼굴이 변형되더니, 이내 전혀 다른 사내로 변화하는 게 보였다.

"으음…."

결국 새어버린 신음성이 그의 심적인 충격을 내비치고
있었다.

그레이브의 요원도 예상 밖이었으나. 기존 그레이 울프
의 단원 중에도 첩자가 있었다는 건, 상상치도 못한 상황
이었다.

그도 그렇게 베르만을 제외한다면, 저들 그레이 울프는
하나같이 8~9년 이상은 더 전에 그가 거둬들인 이들이 아
니던가.

그 즈음에 그레이 울프를 계획한 건, 이 무렵에서야
대공이 전한 연공법의 최초개량이 가능해진 이유가 컸
다.

"이해가 안 가나?"

황제의 물음에 마르셀론 공작의 시선이 그녀에게로 향
했다.

"철저하게 조사하고 주기적으로 감시까지 했겠지."

그녀의 말처럼, 마르셀론 공작은 그레이 울프를 비장의
한수로써 활용하기 위해, 그들 개개인의 조사에 더욱 주의
를 기울였었다. 마음에 품기로 했기에 감시 역시도 철저히
했다.

그럼에도 불구하고 첩자가 숨어들었다는 게 이해가 되
질 않았다.

얼굴을 변형시키는 기이한 기예들이 특이하기는 했으

나, 그것만으로는 그의 정보망을 피해가기가 어려웠다.

"최근에는 대륙 제일의 정보상이 따로 있더군."

황제의 이야기에 눈이 번쩍 뜨였다.

'팔라얀 상단!'

그들이 나서서 공작가의 시야를 가렸다면, 그렇다면 일 말의 가능성을 생각해 봐야 했다.

얼굴을 변형시키는 특이한 기예에 오러를 소멸시키는 각오, 거기에 팔라얀 상단의 지원까지 더해진다면, 결코 불가능한 일이 아니었다.

'…로렌스 레임.'

상단주의 이름과 얼굴이 떠올랐다.

'결국, 황제와 손을 잡았구나.'

브라만 대공의 존재 때문일까? 대외적으로는 팔라얀 상 단이 제국을 위해 많은 것을 지원한다고 알려져 있었으나, 실제로는 그녀들의 사이가 좋지 않다는 걸 모르는 이가 없 었다.

겉과 속이 다른 그녀들의 상황을 알기에, 일정 관계 이 상으로는 손을 잡지 않을 거라고 생각했다. 이는 그 뿐만 아니라, 다른 대귀족이나 정보업체 역시도 같은 의견일 터 였다.

그럼에도 불구하고 손을 잡았다?

'브라만…'

또 하나의 얼굴이 머릿속을 잠식해 들어왔다. 그가 움직였다는 걸 직감한 까닭이었다.

까드드득!

그도 모르게 이가 갈리고 있었다.

◆

배짱이 대단하다고 해야 할까?

'배짱은 무슨, 미친 거지.'

오르카는 그리 생각하며 밀러를 바라봤다. 마르셀론 공작과 마찬가지로 그녀 역시도 '오러 소멸'을 떠올린 까닭이었다.

상상만 해도 등골이 오싹해지는 기분이었다.

지닌바 모든 걸 내던지는 것, 그건 그야말로 사지가 잘리는 것 같은 기분일 터였다. 어마어마한 무기력증에 빠져 한동안은 제대로 지내기도 어려울 게 분명했다.

실제로 그녀의 생각처럼 밀러는 한동안 깊은 무력감으로 인해 온전한 생활을 하지 못했었다.

아이러니한 건, 이와 같은 시절 덕분에 내부가 엉망이 되고, 오러의 통로가 좁아지면서 마르셀론 공작을 속이기 좋은 육신이 완성되어버렸다는 점이었다.

'후… 제정신으로는 할 수 없는 짓거리지.'

고개를 절레절레 흔들던 그녀의 시선이 다른 3인의 첩자들에게로 향했다. 지금 막 황제 앞에 도달한 그들이 자신들의 정체를 밝히는 게 보였다.

'카난, 배리엔, 도라인.'

그들의 이름을 하나하나 귀에 담던 그녀의 머릿속으로 하나의 의문이 떠올랐다.

'흑사자 기사단이라고?'

앞서 등장했던 밀러 베인과 마찬가지로, 그들 역시도 같은 소속의 단원이라고 밝히는 중이었는데, 이를 듣는 오르카의 두 눈에는 짙은 의문이 떠오르고 있었다.

의아한 마음에 확인을 하고자, 세 사람의 얼굴을 재차 살펴보는데, 그럴수록 의문은 더욱 깊어질 뿐이었다.

❖

활짝 열어놓은 감각을 통해, 황궁에서 벌어지는 상황들을 직접 눈으로 보듯 생생하게 살필 수 있었는데, 그 때문일까? 흑사자 기사단의 등장에서는 그 역시 적잖게 놀랄 수밖에 없었다.

'황제를 따르라고 하기는 했지만….'

설마, 저런 방식으로 임무를 행하고 있을 줄은 몰랐다.

'오러 소멸이라니.'

177

그 역시도 밀러가 자신을 소개하기 전까지는 확인이 어려웠을 만큼, 완벽히 다른 사람이 되어 있었다.

특히, 내부 오러의 변화는 이 같은 착각에 더욱 큰 영향을 끼칠 수밖에 없었다.

'게다가 외형변화를 저기까지 익혔을 줄이야.'

천마의 세상에서도 상당히 수준 높은 기예였다.

그 역시 간단한 요령 정도만 알고 있던 것이었는데, 정보원의 임무를 수행해야 하던 밀러를 생각해, 그가 아는 요령을 간단히 전수해 준 것이 전부였다.

헌데, 그것만 가지고 저기까지 발전을 시킨 것이다. 이 부분에서는 제튼 역시도 크게 탄성을 내지를 수밖에 없었다.

'그런데….'

제튼의 신경이 밀러에게서 떠나, 새롭게 등장한 세 명의 요원들에게로 향했다.

'흑사자 기사단이라고?'

그들 역시도 스스로를 흑사자 기사단이라고 밝히는 중이었는데, 제튼의 기억 속에는 저와 같은 이들이 존재하지 않았다

'내가 모르는 아이들이라….'

거기까지 생각하던 제튼의 눈가에 이채가 어렸다.

아이들?

다시금 저들을 살펴보니 그 연령대가 의외로 어린 것이

느껴졌다.

어렴풋이 과거의 한 장면이 떠올랐다.

〈흑사자 기사단을 부활시켜라.〉

밀러와의 마지막 만남 당시에, 이 같은 말을 했던 게 기억났다.

'설마….'

대략적인 상황이 그려졌다.

'신입들인가.'

밀러 베인은 기사단 내에서도 조장급에 위치해 있었다. 소수 정예인 만큼 그 위치가 결코 낮지 않았다.

특히, 지금처럼 기사단의 잔재만 남아있는 상황에서는 그의 위치는 더욱 중요할 수밖에 없었다. 아마도 이런 직급의 힘을 토대로 새롭게 단원을 뽑은 듯 보였다.

생각 이상으로 충실한 밀러의 모습에 괜히 양심이 찔리는 기분이 들었다. 당시에는 그를, 과거를 떨쳐내고자 그럴싸한 말을 던진 것이기 때문이었다.

뒤늦게 당시 기억을 떠올린 것도 그런 이유에서였다. 그즈음에서 한 가지 의문이 뒤따랐다.

'벌써 임무에 투입을 한다고?'

그로써도 쉬이 이해할 수 없는 부분이었으나, 밀러에게 생각이 있을 거라고 여겼다. 애초에 발을 빼기로 한 그가 아니던가.

괜히 민망한 마음에 볼을 긁적이던 제튼이 슬쩍 신경을 황제와 마르셀론 공작에게로 넘겼다.

◆

"기분이 안 좋아 보이는군."

나직하니 던져오는 황제의 물음에 급히 표정을 고쳐야만 했다.

그러며 바삐 그레이 울프와 관련되어 있는 정보들을 머릿속으로 나열해갔다.

다행이라고 해야 할까? 그들 역시도 많은 정보를 알고 있지는 않다는 결론이 나왔다. 앞서 밀러와 달리 마음에 깊이 품은 이들이었으나, 그들에게 주어진 역할이 다르기에 알려질 정보가 그리 많지는 않았다.

문제가 있다면 그레이브에서 나온 첩자였다.

'저자는… 그저 정보원일 뿐이다.'

몬스터들의 이동과 관련된 내용을 전해주거나, 가면사 내와의 통신을 연결하는 역할 정도였다. 중요한 내용은 철저히 차단하며 대화가 이뤄졌었다.

결굴, 그가 내린 결론은 '문제 없음'이었다. 남은 건 잠시간 내비쳤던 흔들림은 유연히 넘어가는 것 뿐이었다.

'긴장하지 말자. 긴장할 필요 없다!'

그리 다독이며 가슴을 달래는 찰나, 황제와 그의 시선이 맞닿았다. 싸늘하니 차갑게 식어있는 그녀의 눈빛이 보였다.

그 순간 불현 듯 스쳐가는 하나의 직감이 있었다.

'…이미 결정했구나.'

황제는 이 자리를 어찌 마무리할지 결론을 내려놓은 상태였다. 그가 어떤 변명을 하건, 그녀는 전부 묵살할 것이 분명했다.

목 언저리로 싸늘한 한기가 스쳤다.

꿀꺽…

저도 모르게 마른침을 삼킨 그가 조심스럽게 입을 열었다.

"언제부터 입니까?"

분명, 최선을 다해 황제를 보필해왔다. 그럼에도 불구하고 결국 들켜버렸다. 그 결정적 계기가 있을거라 여겼기에, 이리 묻는 것이었다.

길지 않은 질문이었으나, 충분히 알아들은 것일까?

"이 자리에 앉는 순간부터였다."

황제가 답을 내어줬다.

"오래…도 참으셨습니다."

그녀가 저 지고한 자리에 앉는 그 날, 어떤 실수를 한 것일까? 무엇이 잘못 된 것일까? 머릿속이 과거를 향해 뻗어갔다.

너무 오래 전 일인까닭에 선뜻 회상하지 못하는데, 황제가 먼저 그 과거를 꺼내주었다.

"그날, 나를 보던 눈빛이 바뀌더군."

자상했던 오라비의 얼굴에 일순간 스쳐갔던 배신감을 보았다.

자신의 것이라고 여겼던 하늘이었다. 그러던 것이 하루아침에 여동생에게로 넘어가버렸다.

당혹감에 지어보였던 감정의 편린이 여동생에게 들켜버린 것이다.

물론, 그 순간, 아주 잠깐 드러냈을 뿐인 감정이었다. 이후로는 착실히 황제의 신하로써, 지닌바 역할을 다해갔다.

하지만… 어쩌면….

문득 문득 스쳐가는 권좌에 대한 욕심이 있었다.

저 자리는 내가….

욕망이 조금씩, 야금야금 가슴한편을 갉아먹으며 커져갔다.

그럼에도 불구하고 꾹꾹 눌러 참아왔다. 하지만 결국 이 감정이 폭발하는 사건이 발생해 버렸다.

대공의 실종!

그가 사라져버린 것이다. 처음에는 설마 싶었다. 하지만 시간이 흐르고 여전히 그가 나타나지 않는 상황에, 조금씩 그가 '떠났다'라는 확신이 들기 시작했다.

이 무렵은 그 뿐만 아니라 다른 귀족들 역시도 숨겨왔던 욕망을 하나 둘 꺼내들던 시기였다.

그 대표적인 이들이 바로 귀족파의 '삼공작' 들이었다.

이제는 파스카인 공작의 일인체제로 통일되어버린 상태였으나, 당시에는 세 공작들이 내뿜는 욕망을 불길로 인해, 제국의 내부가 뜨겁게 달궈졌을 정도였다.

그 때문에 제국 중앙이 혼란에 휩싸여가고 있을 때, 그는 마지막 한 걸음을 내딛었다.

〈더는 무능한 황제에게 맡길 수 없다!〉

브라만 대공이 떠나고 나자, 황제는 그 자리에 마르셀론 공작을 세웠고, 그 덕분인지 마르셀론 공작은 제국의 대소사에 관여하는 발언권을 지니게 되었다.

아마도 이 상황이 그의 욕망을 더욱 부추겼는지도 몰랐다.

'어쩌면….'

그것도 황제가 의도한 게 아닐까? 하는 의심이 생겼다. 아랫입술을 질끈 깨물던 그가 황제를 향해 물었다.

"왜 저입니까?"

지금 이 자리에는 희생양이 필요했고, 자신이 그 역할로 뽑혔다는 걸 알았다. 때문에 묻지 않을 수가 없었다.

이에 대한 황제의 대답이 또 의외였다.

"왜 하필 그대인가."

그녀는 그저 마련된 무대에 자그마한 관여를 한 정도 뿐
이었다. 애초에 그녀가 따로 무대를 마련할만한 시간도 없
었다.

대공의 등을 쫓기 위해, 잠자는 시간마저 아껴가며 노력
해왔다. 외부에 알려지지 않아야 하기에 더욱 외롭고 괴로
운 시간이었다.

때문에 직접 무대를 마련하는 게 아닌, 남의 무대에 '개
입' 하는 것으로써 그림을 그릴 수밖에 없었다.

잠시 황제의 얼굴을 정면으로 바라보던 마르셀론 공작
이 돌연 실소와 함께 허리를 피며 신형을 바로 세웠다.

"나는 너를 사랑했다."

갑작스런 공작의 말투에 황제의 눈가에 이채가 스쳐갔
다. 그의 태도에서 과거의 자상한 오라비를 엿본 까닭이었
다.

"그 무엇보다도 소중히 여겼지."

거기까지 이야기하던 마르셀론 공작이 돌연 두 눈 가득
불길을 피워내기 시작했다. 제튼이 전한 연공법의 마성이
조금씩 얼굴을 드러내고 있었다.

"헌데, 너는 나를 배신했다."

"내 자리에 욕심이 났나?"

"그건 내 자리다!"

마르셀론 공작이 버럭 성을 내며 외쳤다. 결국 마성이

폭발한 것이다. 이런 그의 분노에 그녀가 고개를 살짝 저으며 말했다.

"그대에게 허락된 건 왕국의 주인이지, 제국의 주인이 아니다."

"누가 그걸 정한단 말이냐!"

그녀가 흐릿한 미소와 함께 답했다.

"내가 정하지."

"으득!"

네게 무슨 권한이 있어서 그런 걸 정하느냐는 듯, 마르셀론 공작이 매섭게 노려봤다.

그녀가 입가의 미소를 닦아내며 말했다.

"짐이 황제이기 때문이지."

스릉…

마르셀론 공작의 검이 뽑혔다.

"네가 어째서 그 오랜 세월을 무능한 연기 따위를 하며 보냈는지는 모른다. 하지만 너의 그 대책 없는 연기는 나를 실망시켰다."

그 때문에 칼을 뽑아 든 것이다.

"너는 그 자리에 어울리지 않아."

그러니 받아가겠다!

우우우웅…

검 끝에 피어난 선명한 광채가 보는 이들로 하여금 전율을 느끼게 만들었다.

"별의 힘을 얻었군."

황제의 나직한 중얼거리며 마르셀론 공작이 고개를 끄덕이며 말했다.

"네게도 특별한 힘이 있다는 걸 알고 있다. 당장 꺼내라."

이에 가벼운 실소를 뱉은 황제가 오른손 검지로 그를 가리키며 말했다.

"저 너머의 소란이 들리나?"

들리지 않을 리가 없었다. 별의 영역에 든 감각은 바로 옆에서 듣는 듯, 생생하게 수도의 상황을 전해오고 있었다.

"나는 지금 이 자리에서 그대를 벌한 뒤, 저 너머의 소란을 직접 잠재울 생각이다."

거기에서 황제의 검지가 살짝 올라갔다. 그 방향은 외벽 너머의 수도가 아닌 그 너머의 하늘에 닿아 있었다.

"그리고 새로운 역사를 써내려갈 것이다."

마르셀론 공작이 눈살을 찌푸리며 물었다.

"전쟁에 나설 생각이냐?"

황제의 고개가 끄덕여졌다.

"대륙의 진정한 주인이 누구인지 가르쳐 줄 생각이다."

"…광오하군."

제국도 아닌 대륙의 주인이라 표현했다. 그녀의 얼굴에서 지금까지 볼 수 없었던 광채를 보았다.

'보려하지 않았던 것 뿐이었나.'

딱딱히 굳은 얼굴로 마르셀론 공작이 황제를 바라봤다. 그녀는 어느새 '황제'라는 자리에 너무도 어울리는 공기와 분위기를 두르고 있었다.

아랫입술을 잘근거린 그가 황제를 향해 물었다.

"왜… 진작 이런 모습을 보여주지 않을 거지?"

그랬더라면 이 같은 사태까지는 오지 않았을 터였다. 황제의 얼굴에 처음으로 감정의 편린이 드러났다. 그것은 '슬픔'이라 부르는 종류의 것으로써, 과거, 아직 그가 왕자이고 그녀가 공주이던 무렵에 자주 보았던 눈빛이었다.

"보여줄 수 없었다는 생각은 안 하는군. 후우…."

짧은 한숨과 함께 황제가 손짓했다.

"이야기가 너무 길어지는군."

슬슬 무대를 정리해야 할 시간이었다. 새하얗던 그녀의 손 위로 그보다 하얀 서리가 내려앉기 시작했다.

❖

성공적이었다.

"딱… 그런 표현이 어울리려나."

제튼은 쓰게 웃으며 제국의 수도를 내려다봤다. 현재 그
는 전체적인 상황을 눈으로 직접 확인하고자, 일부러 하늘
높이 신형을 띄운 상태였는데, 그 위치는 구름보다 높았기
에 어느 누구도 그의 존재를 눈치 채는 이가 없었다.

이는 오르카와 황제 역시도 마찬가지였다.

망령들의 습격으로 혼란의 불길에 휩싸였던 수도의 소
란이 조금씩 진화되어가는 중이었는데, 놀랍게도 그 중심
에는 황제와 프라임 기사단이 질주하고 있었다.

하지만 실질적으로 이 모든 사태를 해결하고 있는 건 프
라임 기사단이 아닌 황제였다.

그녀가 직접 검을 들고 망령들을 베어 넘기며 수도 전역
의 소란들을 잠재우고 있는 것이다.

이 때문에 수도의 충격은 이루 말할 수가 없었는데, 설
마 하니 그 연약하다던 황제가 이토록 강렬한 모습을 보일
거라고는 상상도 못한 까닭이 클 터였다.

물론, 그녀의 은둔 생활이 길었던 만큼, 수도의 백성들
중에서 그녀를 알아보는 사람은 그리 많지가 않았다.

하지만 여기에서 그녀의 존재를 확인시켜주는 이들이
있었다.

황궁의 수비대!

일찌감치 밖으로 내보냈던 그들은 한창 바쁘게 수도를

돌아다니는 중이었는데, 그런 그들은 황제가 지날 때마다 우렁찬 외침으로 그녀의 존재를 증명해줬다.

거기에 프라임 기사단의 갑주에 그려진 문양들까지 더해지니, 그 누가 감히 그녀의 존재를 의심할 수 있겠는가.

아마도 이 사건을 계기로 제국 백성들은 더 이상 브라만 대공을 찾지 않을 확률이 높았다.

물론, 아직까지는 수도에 한정된 이야기일 터였으나, 그녀가 본격적으로 전면에 나선 이상, 제국 전역이 대공의 그림자에서 벗어나는 건 머지않았다고 여겼다.

'…그는 과거고 그녀는 현재니까.'

문득, 천마가 했던 이야기가 떠올랐다.

〈그런 의미로다. 제튼 반트. 네놈이 브라만 대공 역할 좀 맡아야겠다. 할 수 있지?〉

마계의 침공이 있을 거라는 말과 함께 이어졌던 내용이었다.

〈브라만의 이름 아래 힘을 모으는 거다.〉

그는 제튼만이 대륙의 중심이 될 수 있다는 듯 이야기했다. 하지만 오늘, 그는 이 자이에서 확신할 수 있었다.

"너는 틀렸다."

천마의 생각을 부정했다.

"그녀야말로 대륙에, 이 시대의 중심에 어울리는 인물이다."

먼 거리임에도 불구하고 그녀의 모습이 한 눈에 들어왔다.

황제!

과거에는 억지로 앉아있다고 여겼던 자리였다. 하지만 이제는 그 지고한 위치가 너무도 어울린다고 여겼다.

〈그럼 넌?〉

환청마냥 천마의 음성이 귓가를 스쳐갔다. 언제나 그가 주장하던 내용을 입에 담았다.

"은퇴한 놈한테 뭘 더 바래."

그렇다고 해서 전혀 손 놓고만 있을 생각은 아니기는 했다. 그도 그렇게 케빈과 메리도 이 일고 무관하지 않다는 걸 아는 까닭이었다.

'뭐… 그래도 전면에 나설 생각까지는 없지만.'

쓰게 웃던 그의 시선이 황제에게서 떨어져, 한 방향으로 돌아갔다 그리고 입가에 걸린 미소가 조금은 가벼워졌다.

"꼴이 우습게 됐네."

저 멀리 벌벌 떨며 웅크리고 있는 팔룬을 본 까닭이었다. 분명 은신과 관련된 연공법을 가르친 적이 없건만, 어찌 저리 기척을 잘 숨기는 건지, 볼 때마다 웃음이 날 정도였다.

성질을 못 이겨 힘을 폭발시킨 뒤, 지레 겁먹고 몸을 사리는 모습이 참으로 가관이었다.

'전에는 좀 더 기백이 넘쳤던 것 같은데.'

이게 전부 브라만 대공의 영향이라는 걸 생각하니, 웃을 수만은 없었다.

'그런데….'

팔룬을 확인하니 새롭게 떠오르는 얼굴이 있었다.

'에룬.'

초원의 궁귀라고도 불리는 또 다른 마졸이었다. 그 역시 브라만의 부름에 응할 거라고 여겼건만, 제법 시일이 지난 지금까지도 도착하지 않았다는 게 의외였다.

'…어쩔 수 없나.'

과거의 인연으로 마졸들을 불렀으나, 그렇다고 해서 그들을 굳이 구속하고자 하는 건 아니었다.

'눈에 들어온 이들이야 철저히 굴리겠지만.'

그 대표적인 예가 그레일과 팩터였다. 특히, 험하게 살아온 둘의 성격을 생각한다면, 상당히 거칠어질 필요성이 있었다.

"음?"

문득 제튼의 눈에 이채가 스치더니 고개가 돌아갔다. 그 방향은 수도의 정문 쪽이었는데, 수도에서 가장 화려한 불길이 피어났던 장소이기도 했다.

쿠너와 운트!

무려 별들의 전쟁이 있었던 장소였다. 그 방향을 잠시 응시하는가 싶던 제튼의 신형이 돌연 허공에서 떨어져 내렸다.

폐허가 되어버린 풍경의 한 가운데에 내려선 그가 눈살을 찌푸리며 주변을 돌아봤다.

'사라졌군.'

전투가 끝난 뒤, 체력을 회복한 쿠너가 죽어버린 운트의 시신을 한 구석에 고이 눕혀놨었다. 상황이 종료된 뒤에 제대로 자리를 마련해주겠다며, 따로 자리를 마련해 숨겨놓은 것이다. 헌데, 그 시체가 사라진 것이 아닌가.

'어느 틈에?'

감각을 활짝 개방하고 있었건만 운트의 움직임을 놓친 것이다. 물론, 싸늘한 시체가 되어버린 운트가 스스로 이동했을 거라고는 생각할 수 없었다.

그렇다면 결론은 하나였다.

'누구냐?'

운트의 시신을 가지고간 존재가 있다고 여겼다. 비록 생기가 없는 시체라지만, 그럼에도 불구하고 제튼의 감각을 속여서 운트를 빼내갔다.

제튼의 시선이 주변을 빠르게 훑어가는데, 활짝 깨어있는 그의 감각으로도 잡히는 것이 없었다. 하지만 끈기 있게 감각에 집중한 결과 한 가지 기이한 느낌을 잡아낼 수 있었다.

'마기?'

너무도 흐릿해서 제대로 구분하기가 애매했기에 확신을 내리기는 어려웠으나, 분명 마기의 흔적으로 여겨지는 게 운트를 눕혔던 장소에 묻어있었다.

〈한 5년쯤 뒤에 중간계 침공이 있을 예정이다.〉

천마의 이야기가 떠올랐다. 하지만 고개를 흔들며 부정했다.

'지금은 아니다. 어쨌든 5년 뒤라고 했으니까.'

결코 허튼 소리를 할 인물이 아니었다.

"그럼, 뭐지?"

안타깝게도 명쾌한 답은 나오지 않았다.

❖

저도 모르게 진땀이 흘러내렸다.

'하마터면 들킬 뻔 봤군.'

호흡을 고르며 긴장으로 굳어버린 육신을 달랬다. 그러며 심장을 자극했던 사내의 얼굴을 떠올렸다.

'누구지?'

대륙의 내로라하는 실력자들의 얼굴은 전부 알고 있었기에, 더욱 사내의 존재에 의문이 들 수밖에 없었다.

하늘에 닿은 자!

별의 영역 그 너머에 있는 존재라는 걸 단번에 깨달았다. 애초에 그 존재의 능력이 어느 정도인지 감도 잡기가 어려웠다. 때문에 더욱 경계심이 드는 것이었다.

'아버님의 연구로 새로운 진리를 받아들이지 못했더라면, 저자에 대해서는 눈치 채지 못했겠지.'

부친의 얼굴이 떠올랐다.

베아튼 리베란!

한 때, 삼공작이라고 불리며 제국을 뒤흔들던 위대한 마법사가 그의 부친이었다.

가문의 적통이자 배다른 형제에게 가주와 공작의 자리는 내어줘야 했으나. 마법만큼은 양보하지 않았다.

애초에 현 가주는 과거 삼공자체제 시절의 영광을 되돌리고자 정신없이 바빠서, 마법에 대해 집중할 시간이 없기도 했다. 그 때문에 부친이 정립시킨 새로운 진리, '암흑마법'을 그가 연구할 수 있던 것이 아니겠는가.

'덕분에 지금의 경지에도 오를 수 있었지.'

별의 영역이라 불리는 대마도의 경지에 발을 들인 것이다. 거기에 더해 부친이 정립시킨 '안정화'의 절차에 따라, '정령'의 힘 역시도 품게 되면서, 실질적으로는 별의 영역에서도 반 걸음은 더 나아갔다고 볼 수 있었다.

그리고 이 덕분에 암흑마법의 잔재를 지우며, 이렇게 운트를 빼내올 수 있던 것이기도 했다.

사내의 시선이 옆으로 돌아갔다.

'좋은 연구 대상이야!'

수도에서 심상찮은 일이 벌어질 거라는 걸 알고 있었다. 황궁에서 갑작스레 가문의 주인을 불러들인 까닭이었다.

만에 하나의 사태에 대비하고자, 그를 비롯한 가문의 실력자들이 황궁 주변에 자리를 잡은 상태였다. 그러다 눈앞의 사내, 운트의 기운을 읽어버렸고, 이렇게 그만 지정된 위치를 벗어나 시체를 훔쳐오고야 말았다.

직무태만이라고 할 수도 있겠으나, 그로써도 어쩔 수가 없었다.

전율을 일으키던 생명의 기운!

삶의 불꽃을 태우던 정령의 숨결!

그리고 그 속에 숨어있던 거대한 마력과 마기!

하나같이 그를 미치게 만드는 요소들이었다. 암흑마법의 특성상 생의 기운에 민감할 수밖에 없었고, 부친이 정립시킨 안정화로 인해 정령의 흐름 역시도 감각을 자극하기 충분했다.

그런데 거기에 마력과 마기의 흔적까지 느껴버렸다. 어찌 제자리만 고수할 수 있겠는가.

하지만 선뜻 움직이지는 못했다.

'그 괴물 같은 사내.'

어렴풋한 느낌이었으나 수도 전역에 걸쳐 '감시의 눈'이 있음을 알았다. 때문에 최대한 몸을 사리며 움직이는 중이었는데, 그 와중에 눈길이 멀어지는 걸 느꼈다.

이는 제튼이 구름 너머로 올라가던 순간으로써, 그 거리 감이 사내를 본격적으로 움직이게 한 것이다.

찰나 간에 감시의 눈이 가까워지는 걸 알고는 후다닥 자리에서 물러났다. 운이 좋았다고 해야 할까? 다행스럽게도 눈길에 들키지 않은 채, 자리를 벗어날 수 있었다.

물론, 지금 있는 위치가 안전지대라고도 할 수는 없었다. 급하게 몸을 빼낸다고 빼냈으나, 워낙 다급한 시간으로 인해 운트의 시체가 있던 자리에서 멀리 온 건 아닌 까닭이었다.

때문에 숨을 죽이고 눈길을 주시하고 있는 중이었다. 만에 하나의 사태를 대비하고자, 마법처리까지 해 가며 기척을 감추는 중이기도 했다.

'누굴까?'

눈길의 주인을 떠올리는 그의 얼굴에 짙은 호기심의 빛이 스쳐갔다. 하지만 이내 고개를 흔들며 의문을 삼켰다.

'그보다는 이 녀석이 더 중요하지.'

운트에게로 다시금 신경이 집중되었다. 정체되기 시작한 그의 경지에 커다란 자극제가 되어줄 거라고 확신했다.

'그놈보다 이놈이 먼저.'

절로 입가에 미소가 그려졌다.

"반갑다. 너에게 새 생명을 부여해줄 '에지텍 리베란'이라고 한다. 앞으로 잘 부탁하마. 큭큭큭!"

당연하게도 돌아오는 대답은 없었다.

❖

빛 한 점 들어오지 않는 어두운 공간이었으나, 조금만 눈에 힘을 준다면 충분히 주변을 돌아보는 건 문제가 되지 않았다.

'그래야만 하는데….'

기운이 움직이질 않았다. 힘이 모이지 않았다.

'하….'

어쩌다 이렇게 된 것일까?

'그놈들.'

실력 이상의 괴상한 힘을 발휘하던 괴인들이 떠올랐다.

'염병!'

욕짓거리가 목구멍까지 치솟았으나, 입 밖으로 나오지는 않았다. 입이 봉해진 까닭이었다. 그 뿐만 아니라 손과 발까지 묶여 있었다.

'거기에 오러까지 막혔으니. 쯧!'

별의 영역에 오른 뒤로 지금과 같은 위기상황이 있었을까?

'없었지.'

만약 이 상황을 수하들이 이 사실을 안다면 어떻게 될까?

'쪽팔릴 일이군.'

마적단 세르만의 주인으로써 궁귀라고 칭해지며 절대자의 반열에 오른 그가 아니던가.

에룬은 왠지 입맛이 쓰다고 느꼈다.

끼이이익…

문득 저 한편으로 불빛이 비쳐드는 게 보였다. 그리고 이내 한명의 사내가 횃불을 든 채 그가 있는 공간으로 들어오는데, 분명 기억에 있는 얼굴이었다.

정신을 잃기 전, 마지막으로 봤던 사내였다. 그가 에룬의 얼굴을 보더니 말을 건네 왔다.

"깨어났군."

그가 횃불을 저 한편에 꽂아 넣었다.

"네 덕분에 피해가 이만저만이 아니야."

그러며 이야기를 이어가는데, 그 내용이 또 의외였다.

"보이는 족족 몬스터들을 사냥했더군. 그 덕분에 몬스터 원정군의 파국이 너무 앞당겨졌어."

'몬스터?'

눈이 번쩍 뜨였다.

'사람과 손을 잡았다는 건가?'

설마 싶었으나 사내의 이야기와 더불어 그가 겪었던 상황이 그에 대한 확신을 주고 있었다.

'그러고 보니….'

몬스터들을 사냥하던 그의 동선에 조금씩 불편한 시선들이 끼어들었던 게 기억났다. 그러다가 결국 저 사내를 포함한 일단의 무리들과 조우한 게 아니던가.

"궁금해?"

문득 사내가 그와 같은 질문과 함께 다가오는 게 보였다.

"몬스터들과 손을 잡았는지가 궁금한 거지?"

어느새 그의 곁에 걸터앉은 사내가 웃으며 말했다.

"맞아. 네가 생각하는 그대로야. 손을 잡았지. 킥킥킥킥!"

궁금한 건 맞았으나, 이리 쉽게 답을 내어주니 오히려 선뜻 믿기가 어려웠다. 이런 그의 눈빛을 오해한 것일까? 사내가 웃으며 이야기를 이었다.

"왜? 이번에는 어떤 조직이 몬스터와 손을 잡았는지가 알고 싶어?"

혼자 의문을 제시하는가 싶더니, 이번에도 선뜻 답을 내어놨다.

"혹시 알려나 모르겠네. 요즘 제법 유명한 곳인데. 그레이브라고. 반 제국 단체인데. 알지?"

어렴풋이 들은 기억이 있었다. 하지만 몬스터 사냥에 흠뻑 빠져 산만 탔던 까닭에 제대로 된 정보는 접하지 못했었다.

"뭐, 네 덕분에 그쪽하고는 깔끔하게 손을 뗄 수 있었지. 나한테 붙여놨던 놈들을 죄다 골로 보내줘서, 홀가분하게 떠날 수 있게 됐어."

'떠난다?'

말인 즉 실제로는 다른 조직의 일원이라는 의미였다.

"왜? 이제는 내 정체가 궁금해?"

사내는 여전히 혼자서 의문을 제시하고 있었다.

"킥킥킥! 파스카인 공작의 동업자? 그 정도라고 하면 될까?"

그레이브는 몰라도 파스카인 공작은 알았다. 현 제국 귀족파의 실세가 아니던가. 그런 거물의 이름이 여기서 튀어나올 줄은 생각지도 못했다.

"키히히히! 왜 헛소리 같아? 거짓말 같아? 어째, 날 보는 눈빛이 요상한데."

사내가 얼굴을 바싹 들이밀었다.

"왜? 미친놈 같아?"

그리 묻는 사내의 동공에는 붉은빛 광기가 흘러넘치고

있었다.

"맞아. 미쳤지. 미쳤어. 미쳐야지. 킥킥킥킥!"

확실히 제정신으로 보이지는 않았다.

"궁금하지? 궁금하지?"

'뭐가?'

묻지도 않는데 혼자 문답하는 사내의 모습에, 왠지 모르게 피로가 밀려왔다. 그래서인지 궁금하다는 생각도 안 들었다.

하지만 사내는 이런 그의 생각과 상관없이 답을 내던지고 있었다.

"버서커라고 알려나 몰라. 모르는구나. 큭! 오늘부터 잘 알게 될 거야. 아니. 잘 알아야 할 거야."

도대체 무슨 이야기를 하는 걸까? 어떤 이야기를 하려고 저런 내용들을 주절거리는 것일까? 가라앉던 궁금증이 재차 밀려들었으나, 안타깝게도 입이 가려있어 혓바닥에만 굴릴 뿐이었다.

이런 그를 향해 사내가 이야기를 이었다.

"네가 겪을 미래니까. 킥킥킥킥!"

물론, 그 내용은 여전히 알 수 없는 것 투성이었다.

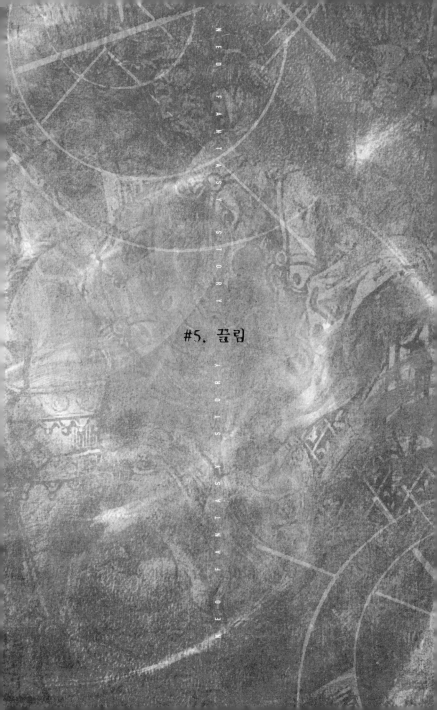

#5. 끌림

#5. 끌림

상상 그리고 이야기로만 그려왔던 세상을 여행한다는 기분 때문일까? 매 순간순간이 신비로 가득했다.

하지만 그와 동시에 짙은 허전함 역시도 느낄 수 있었는데, 이는 삶의 방식이 너무도 다른 까닭이었다.

"평화롭군."

나직한 중얼거림에 옆에서 함께하던 금빛 머릿결의 사내가 말을 받았다.

"저기… 대성. 전투가 한창인데요."

이에 최초에 말문을 열었던 사내가 혀를 차면서 전방을 바라봤다. 확실히 저 앞으로 피 튀기는 혈전이 치러지고 있는 게 보였다. 하지만 그의 눈에는 부족함만 가득 느껴질 뿐이었다.

"치열함이 부족해."

또한 잔악한 역시도 부족하다 여겼다.

"대성. 이곳은 중간계입니다. 저희들의 기준으로 보면 안 되는 것이지요."

그 말에 대성이라 불린 사내가 금발사내를 돌아보며 물었다.

"언제까지 이런 지루한 여행을 계속해야 하는 거냐? 금각."

이에 금각이라 불린 사내가 곁의 은발의 사내에게로 시선을 돌리며 말했다.

"조금만 더 기다리시면, 저와 은각이 이곳 중간계에 대한 기본적인 정보를 완성시킬 겁니다. 그때까지만 참아주십시오."

"쯧!"

어차피 가는 방향이 같아서 동행을 하고 있기는 하나, 그렇다고는 해도 그들 기준의 이동속도에 한참이나 못 미치는 까닭에, 저도 모르게 불만이 쌓이는 것이었다.

"그나저나… 오래도 끄는군."

대성이라 불린 사내가 전방의 전장을 바라보며 그리 중얼거렸다. 이에 금각 사내가 다시금 말을 받으며 입을 열었다.

"아무래도 머리가 나서야 끝나지 않겠습니까."

"쯧! 대가리라는 놈들이 쓸데없는 눈치싸움만 하니 애먼 놈들만 죽어나는 거지."

주인이라 부르는 천마의 영향 때문일까? 집단의 대표들이 저처럼 뒷짐만 지고 있는 게 도통 이해가 되질 않았다.

"제가 처리할까요?"

한쪽에서 가만히 지켜보던 은각이 슬쩍 앞으로 나서며 말문을 열었다. 이에 금각이 고개를 흔들었다.

"쓸데없이 끼어들어서 우리에 대해 알릴 필요는 없다."

"하긴… 그것도 그렇네요."

대답은 하고 있으나 온전히 수긍한 건 아니었다. 그들의 대표자는 금각이 아닌 대성인 까닭이었다. 자연스레 그에게로 시선이 향했다.

"지켜본다."

그의 대답에 금각과 은각은 내심 안도의 한숨을 내쉴 수 있었다. 그의 인내력도 한계치에 도달한 건 아니라는 걸 알 수 있었기 때문이었다.

하지만 저 인내력이 언제 바닥날지 모르기에, 안도하면서도 긴장감은 바싹 조일 수밖에 없었다.

"그보다, 이곳은 생각 이상으로 마기가 부족하군."

대성의 이야기에 금각이 고개를 끄덕이며 답했다.

"아무래도 다른 세상이니까요."

그 말에 대성이 전장 방향으로 시선을 던지며 중얼거렸다.

"그래서 마족 놈들이 중간계에 전쟁을 일으키는 건가."

"저들이 뿜어내는 공포나 광기는 마기와 닮았으니까요."

"확실히… 저급하긴 하지만, 그런대로 배가 차는 것 같기는 하군."

대성은 그리 중얼거리며 가만히 눈을 감았다. 전장에서부터 밀려오는 기운이 그의 호흡에 이끌리며 착실히 내부에 쌓이는 게 느껴졌다.

그의 모습을 잠시 바라보던 금각이 은각을 향해 시선을 보냈다. 고개를 끄덕인 은각이 슬그머니 자리를 비웠다. 금각이 대성의 수발을 드는 동안, 그가 정보를 수집하려는 생각이었다.

전방에서 벌어지는 상인과 마적들의 전투로 인해 주변이 혼란에 휩싸여 있었으나, 그들이 신경쓸만한 수준은 아니었다.

전장에서 너무도 태연한 이들의 모습이 이상하게 보일 수도 있겠으나, 누구하나 의문의 시선을 보내는 이가 없었다.

이는 금각이 펼쳐놓은 간단한 마법적 조치로 인한 것으

로써, 타인들의 눈에는 그들 역시도 상인이나 짐꾼과 마찬가지로 몸을 숨기고 있는 것으로 보일 터였다.

덕분에 대성은 아무 거리낌 없이 느긋하게 전장의 기운을 축적할 수 있었다.

그들 일행이 중앙 대륙의 경계에 발을 들이던 무렵의 일이었다.

❖

가볍게 내지른 주먹질이었다.

파앙!

하지만 그 결과는 생각이상으로 놀라웠다.

"……."

허공중에 발생한 갑작스런 폭발성과 함께, 저 앞으로 담벼락 일부가 무너져 내렸다. 이에 자신의 주먹을 멍하니 바라보는 그녀의 모습에 저도 모르게 실소가 나왔다.

"놀랐어?"

짧은 물음에 그녀가 고개를 위아래로 끄덕이는 게 보였다. 하지만 반응과 달리 그 표정은 여전히 넋이 나가 있었다.

"이걸… 정말 내가 한 거야?"

그녀의 물음에 고개를 끄덕이며 답했다.

"겨우 걸음마 단계라서 그렇지, 좀만 더 제대로 배우면 저런 담장 정도는 단번에 박살날걸."

"이게, 말이 돼?"

그녀의 물음에 대한 답변은 이미 준비되어 있었다.

"내가 누구야?"

오히려 질문으로 응하고 있었으나, 그걸로 충분히 답이 되었다. 그가 가르쳤기에 가능할 수도 있었다.

브라만 대공!

그녀, 셀린은 새삼스런 얼굴로 남편의 모습을 바라봤다. 제튼이 가볍게 실소하며 그녀에게 물었다.

"어색해?"

"…조금."

"금방 익숙해 질 거야. 이제야 눈치 챘다고는 하지만, 그 힘은 오래 전부터 당신 내부에 깃들어 있던 거야."

말인 즉, 셀린의 일부나 마찬가지라는 의미였다. 비록 그 씨앗은 제튼이 심었다고는 하나, 중요한 건 셀린에게 뿌리를 내렸다는 점이었다.

〈나도 가르쳐줘!〉

이번 수도행이 끝나고 집으로 돌아왔을 때, 그녀가 대뜸 그에게 건네 온 이야기였다.

〈내 아이들을 지키고 싶어!〉

제니의 비밀을 알게 되었고, 그늘진 미래를 일부나마 들어버렸다. 그 때문에 결심을 한 것이다.

〈내게도 검을 가르쳐줘!〉

전설로 기록될 위대한 기사!

전쟁영웅 브라만!

그런 남편을 두고서 다가올 미래를 그냥 바라만 볼 생각은 없었다. 그녀 스스로도 할 수 있는 한 최선을 다해보려고 마음먹은 것이다.

제튼이 만류했으나, 그녀가 내어놓은 한마디가 그의 말문을 막아버렸다.

〈나는 그 아이들의 엄마야!〉

결국 항복이었다. 그리고는 이렇게 연공법을 비롯한 몸쓰는 법들을 전하기 시작한 것이다.

"이미 확인했듯이, 당신은 연공법을 익힌 상태야."

간단한 주먹질에 무너져버린 담장이 그 증거였다. 물론, 그러기 위한 과정까지 제튼을 통한 배움이 있었기는 했으나, 이는 결코 길지 않은 간단한 가르침이었다.

"게다가 그 힘은…."

이야기를 이어가던 제튼이 잠시 말끝을 흐리더니 셀린의 눈치를 살폈다. 주저하는 그의 모습에 셀린이 매섭게 노려봤다. 당장 말하라는 무언의 압박에 할 수 없다는 듯, 나직이 한숨을 내쉰 제튼이 멈췄던 이야기를 이었다.

"…마스터라고 불리는 수준에도 부족하지 않을 거야."

그 말에 셀린이 깜짝 놀란 얼굴로 자신의 주먹을 바라봤다.

마스터!

어찌 그 단어를 모를 수 있겠는가. 그 영광된 자리는 남녀노소를 막론하고 누구나 알고 있는 절대의 위치였다.

브라만 대공의 등장으로 인해, 비록 그 지고한 영역이 일부 흔들렸다고는 하나, 여전히 '별'이라 칭해지며 아득한 세상의 이야기처럼 불리는 단어였다.

"당신이… 한 거야?"

이미 알고 있음에도 불구하고 이처럼 묻는 건, 너무도 믿기지 않는 내용으로 인한 충격 때문이었다.

'…마스터. 내가?'

물론, 그녀가 지닌 힘의 크기만을 비교한 것으로써, 실제로는 이제 겨우 검을 든 초심자나 다를 게 없었다.

하지만 그럼에도 불구하고 별의 힘을 지녔다는 건 분명한 사실이었다.

경악한 얼굴로 스스로를 돌아보는 그녀의 모습에, 제튼이 조심스레 말을 건넸다.

"지금까지는 전신에 흩어져 있어서, 그 힘을 제대로 인지할 수도 없었지만, 이제부터는 다를 거야."

지금 막, 숨겨져 있던 힘을 느꼈다. 이제는 이를 모으고 끌어내며 발현하여, 완연히 자신의 것으로 만드는 걸 배울 터였다.

"…많이 힘들겠지? 아마도?"

그녀의 긴장어린 물음에 제튼이 가볍게 웃었다.

"왜? 무서워?"

시작부터 별의 힘을 언급하는 제튼으로 인해, 잊고자 했던 두려움을 깨워버린 것인지, 셀린의 표정이 적잖게 굳어 있었다.

"걱정 마. 어렵지 않을 거니까."

그의 이야기에 그녀가 의심스런 얼굴로 쳐다봤다. 별의 힘을 다루는 일이었다. 이게 어찌 쉬울 수 있겠는가.

이런 그녀의 눈빛에 제튼이 물었다.

"내가 누구야?"

떠오르는 대답은 하나였다.

브라만 대공!

물론, 그 뒤에 '천마' 라는 존재가 숨어있다는 걸 알고 있지만, 지금은 거기까지 생각이 닿질 않았다.

"잘…할 수 있겠지?"

그녀의 걱정 어린 물음에 제튼은 재차 물었다.

"내가 누구야?"

앞서와 같은 물음에 앞서와 같은 대답이 떠올랐다.

브라만 대공!

남편, 제튼을 믿기로 결심을 굳히자 작게나마 마음의 여유가 생겼다. 그 덕분일까? 희미하니 미소를 지은 그녀가 살며시 고개를 숙여 보이며 말했다.

"앞으로 잘 부탁합니다. 선생님."

그 모습에 제튼 역시도 입가에 미소를 그리다가, 이내 생각이 났다는 듯 물었다.

"수업료도 낼 거지?"

이에 셀린이 한층 짙어진 미소를 내비치며 말했다.

"어차피 당신 주머니에서 나가는 거랍니다."

"…끄응!"

저리 대놓고 자금사정을 밝히니, 그저 앓는 소리만 나올 뿐이었다.

"그럼… 용돈 인상 좀."

"불법 과외 정보를 들었는데."

"……."

비상금의 위기에 절로 합죽이가 될 수밖에 없었다.

❖

긴 여정이었다. 또한 힘겨운 여정이었다.

'힘드니까 더 길게 느껴졌지.'

특히, 전쟁지역을 아무런 마찰 없이 지나오는 건 유난히 어려운 일이었다. 최선을 다해 전장은 피하면서도 속도가 늦춰지는 걸 경계해야 하니, 이래저래 골치 아픈 시간들이었다.

겨우겨우 올라오는 욕짓거리는 삼켜내며 전방을 바라봤다. 그토록 꺼려하던 거대한 성문이 보였다. 그 너머를 생각하니 절로 입가가 마르는 기분이었다.

'크라베스카.'

대 제국 칼레이드의 수도에 결국 도착해버린 것이다.

세바르는 당장에라도 누렁이를 돌려서 이곳을 떠나고 싶은 마음이 가득이었으나, 짐칸의 존재를 떠올리니 생각을 실행할 수가 없었다.

천마!

상상을 초월하는 괴물이 뒤편에서 그를 감시하는 중이었다. 목 언저리를 스쳐가는 오싹한 감각이 그 증거였다.

마른침을 꼴깍꼴깍 삼키는 사이 어느새 성문이 가까워졌고, 검문을 하려는 듯 병사들이 그들에게 다가오는 게 보였다.

최근 벌어진 제국 습격사건의 영향일까?

검문을 하는 병사들의 숫자가 생각보다 많았고, 그 시간이 생각 이상으로 길었다.

오전중에 도착했건만 어느새 해가 머리 꼭대기에 서 있을 만큼, 긴 시간이 검문소에서 이뤄진 것이다.

'문제 될 건 없으니까.'

그레이브가 일으킨 사건을 듣기는 했다. 분명 그들과 연관이 있다고는 하나, 대외적으로는 그들과 남남이기에 걱정할 게 없었다.

스스로를 다독인 뒤, 짐칸을 돌아보며 말했다.

"저기… 검문소인데."

그러자 짐칸에 늘어져있던 천마가 뭐냐는 눈빛으로 쳐다봤다.

"신분증을 좀…."

별 것 아닌 한 마디 내뱉는 것도 괜히 긴장이 됐다. 그 순간 천마가 내뱉은 대답이 골 때렸다.

"없는데."

"…예?"

눈을 동그랗게 뜨는 그를 바라보며 천마가 중얼거렸다.

"그러고 보니, 이쪽은 신분증이라는 게 있었지."

멍청하니 그를 보고 있는 사이 병사들이 가까워오는 게 느껴졌다. 잠시 그들을 바라보던 천마가 빙긋이 웃으면서 손을 흔들었다.

"그동안 고생 많았다.

"…예?"

무슨 소리인가 싶어서 쳐다보는데, 마치 신기루마냥 천
마의 모습이 흩어지는 게 아닌가.

[고생해라.]

"…예?"

'고생?'

아련히 들려오는 천마의 음성과 함께 다가오는 병사
들의 발걸음이 거칠어지는 게 보였다. 혹시나 싶어서 돌
아보니 어느새 검문소 주변의 분위기가 심각해져 있었
다.

"씨벌!"

결국 참아왔던 욕짓거리가 목구멍을 타고 넘어왔다. 병
사들이 그의 수레 주변으로 모여드는 게 보였다. 뒷목이
뻐근해지는 순간이었다.

◈

상상도 못했던 상황이었다.

"하늘…이라고?"

믿기 어려운 정보였다. 별자리 그 위로 새로운 하늘이
밝았다는 소식도 놀라웠지만, 그 하늘의 정체가 더욱 충격
이었다.

"아미르…."

그녀, 황제의 이름을 입에 올리는 것만으로도 입술이 바르르 떨렸다.

가면사내는 예상치 못한 보고에 정신이 혼미해지는 느낌을 한껏 맛봐야만 했다.

운트의 죽음? 마르셀론 공작의 실패? 계획이 엉망이 되었다는 걱정 같은 건 머릿속에 남아있지도 않았다. 오로지 단 하나.

'그녀가…?'

황제에 대한 생각만이 머리를 가득 채우고 있을 뿐이었다.

'…어떻게?'

믿기 어려운 이야기였다. 분명, 마르셀론 공작을 통해 그녀가 대외적인 활동을 자제한다는 정보를 접했다. 제국의 황제라는 숨 막히는 위치에 부담감을 느끼고 있는 것이라고 여겼다.

때문에 더욱 빨리 그녀를 자유롭게 해주고 싶었다. 헌데, 그 모든 계획을 어그러트리는 소식을 들어버렸다.

'전부, 내… 착각이었다고?'

그녀는 황제라는 지위에 어울리는 모습을 갖추고자, 그 오랜 시간을 웅크리고 있었을 뿐이라는 결론이 나왔다.

"그럼… 지금껏, 내가 한 것들은… 대체……."

말문이 턱 하니 막혔다. 어지러운 머리를 부여잡은 채 의자 깊숙이 몸을 묻었다.

흐릿한 시야 한편으로 수북이 쌓인 보고서들이 보였다. 바삐 처리해야 것들이 가득이었건만, 선뜻 손이 가질 않았다. 머리가 움직이질 않았다. 마음이 향하지 않았다. 왠지 쉬고 싶다는 생각만이 가득 차오르고 있었다.

"으음…."

무너질 것 같은 신음성과 함께, 흐릿한 시야를 닫았다. 어둠과 함께 짙은 피로가 몰려오며 아찔한 수면욕이 머리를 뒤덮었다.

◈

갑작스런 습격으로 인해 제국 수도가 혼란에 휩싸인지도 어느새 일주일이란 시간이 흘렀다. 그리 길지 않은 시간인 탓에 여전히 수도의 백성들은 불안감에 몸서리를 치고는 했는데, 이 와중에도 단 한 군데, 이번 사건에서 유일하게 평온을 유지하는 장소가 있었다.

카이스테론 아카데미!

한 차례 아카데미 내부 습격을 당했던 경험으로, 그들은 한층 더 단단한 방비책을 준비한 상태였고, 그 덕분에 이번 습격에서 학생들을 안전히 지켜낼 수 있었다.

그로 인해서 아카데미의 학생들은 여느 때와 다름없는 생활을 이어나가는 게 가능했다. 물론, 앞전의 침입 경험도 있는 까닭에, 일말의 불안감은 감추기가 어려웠으나, 수도 전체의 분위기와 비교해 본다면 확실히 가장 평온한 공기를 품고 있다는 건 확실했다.

게다가 그나마 있던 불안감 역시도 새로이 떠오르는 화젯거리로 인해, 거짓말처럼 수그러지는 분위기가 형성되고 있었다.

"황제폐하께서 설마… 맙소사!"

"그런 엄청난 실력자셨을 줄이야. 허…."

제국의 꽃이라 여겼던 존재가 황제라는 이름으로 확고히 자리를 굳히는 사건이 아니던가. 확실히 충격적이라는 말로도 부족했다.

"그런데… 황제폐하와 검작공. 누가 더 강할까?"

자연히 이어지는 의문들이 학생들 사이를 떠돌았다. 그리고 이런 학생들의 호기심으로 인해 마음이 복잡해지는 이가 한 명 있었다.

'어머니….'

카이든은 이번 습격사건을 통해 모친이 숨겨놓았던 게 무엇인지 알게 되었다. 그 때문에 얼마나 놀라야만 했던가.

특히, 마스터에 이른 그의 감각으로도 모친에게서 아무 것도 느끼지 못했다는 게 더욱 충격이었다. 이는 충분히 검작공 오르카에 비견될만한 능력이라는 의미인 까닭이었다.

자취를 감춰버린 브라만 대공의 빈자리에 황제를 올려 놓을 만큼, 이번 사건에서 보여준 황제의 능력은 놀라운 것이었다.

더욱 놀라운 일은 사건 이후에 벌어졌다.

'설마… 전쟁터로 향하실 줄이야.'

직접 군사를 이끌고 출정을 한 것이다. 습격사건이 있고 겨우 이틀만의 일이었다.

대외적으로는 알려지지 않았으나, 그 이틀간 황궁 브레이브는 치열한 전투를 치렀었다. 거기까지 생각하던 카이든이 이내 고개를 흔들며 자신의 생각을 부정했다.

'치열? 일방적이었지.'

황제가 검을 뽑았고, 반 황실파로 여겨지는 이들 대부분이 숙청을 당했다. 물론, 직접적인 피를 본 건 아니었다. 그렇잖아도 흉흉한 분위기를 더욱 삭막하게 만들지 않기 위한 행동이며, 그와 동시에 저들에게 일말의 여지를 남기고자 한 결정이었다.

아직 기회가 있다는 희망을 남겨, 저들로 하여금 군사를 바치도록 유도한 것이다.

그 증거로, 겨우 이틀이라는 시간동안 황제는 제국의 국경수비대에 버금가는 군사를 모을 수 있었다.

시간과 거리로 인해, 아직 합류하지 않았다고는 하나 황제의 무력을 눈앞에서 확인한 귀족들이기에, 결코 헛된 생각을 하지는 않을 터였다.

실제로 귀족들을 모아놓고 따로 무력을 내비쳤었는데, 그 광경은 카이든 역시 두 눈으로 똑똑히 확인했었다.

"황제폐하와 검작공…."

여전히 이어지는 학생들의 궁금증이 귓전을 파고들었다. 둘 모두 그에게는 소중한 사람이기에 생각하고 싶지 않은 가정이었으나, 그 역시 은연중에 궁금한 마음이 드는 건 어쩔 수가 없었다.

귀족들을 모았던 자리에서 오르카 못지않게 강렬한 기세를 내비치던 모친의 능력을 본 까닭이었다.

"후우…."

어째서인지 한숨이 자꾸만 새나왔다. 상황이 상황인 만큼 자연스레 떠오르는 얼굴이 있었다.

'아빠.'

부친이라면 이 모든 상황을 깔끔히 정리해줄 수 있지 않을까?

"하아……."

자꾸만 길어지는 한숨 속으로 한 줄기 음성이 끼어들었다.

"땅 꺼지겠다."

화들짝 놀란 카이든이 급히 자세를 갖추며 고개를 돌렸다. 어느새 다가온 것일까? 웬 흑발의 사내가 그의 왼편에 서 있는 것이 아닌가.

'이렇게 다가올때까지 몰랐다고?'

경계심을 키우는 한편 조심스레 거리를 벌리는데, 흑발 사내가 대뜸 손을 뻗어왔다.

'헉!'

가벼워 보이는 그 손짓에서 기이한 압박감이 느껴졌다. 저도 모르게 헛바람을 삼킨 카이든이 재빨리 양 손을 움직이며 다가오는 손짓에 저항했다.

파파파팡!

그와 동시에 카이든 주변으로 파공성이 쉴 새 없이 터져나오기 시작했다.

'맙소사!'

적잖게 놀란 듯, 카이든이 경악한 얼굴로 흑발사내를 바라봤다. 밀려드는 압박감을 흩어놓는 것만으로도 이 정도로 강렬한 충격파가 퍼진 것이다. 놀라지 않을 수가 없었다.

"제법인데."

그리 중얼거린 흑발사내가 재차 손을 뻗었다. 이번에도
역시 앞전과 같은 가벼운 손짓이었다. 하지만 카이든에게
는 앞전의 두 배는 될 법한 압력이 느껴졌다.

'도대체….'

누구이기에 이리 갑작스레 나타나서 대책 없는 공격을
퍼붓는단 말인가. 답답한 한편 열불이 치솟았다.

우우우웅!

본격적으로 내부의 기운을 끌어올리기 시작했다. 아카
데미 내부인데다 스스로를 감춰야 한다는 이유로 인해, 항
시 가둬두었던 기운이 본격적으로 해방되는 순간이었다.
숨죽이던 힘의 발현 덕분일까? 밀려들던 압박감이 단박에
해소됐다.

이 갑작스런 기운의 출현에 흑발사내가 눈을 반짝이더
니 양 입 꼬리를 말아 올리는 게 보였다.

"좋군!"

나직한 한마디와 함께 사내가 놀고 있던 손까지 더하며,
양 손을 어지럽게 흔들었다.

파파파팡!

연달아 파공성이 터지는가 싶더니, 카이든은 자신의 눈
높이가 낮아지는 걸 확인할 수 있었다.

'이게… 무슨?'

이유는 알 수 없었으나, 그의 한쪽 무릎이 어느새 바닥

에 닿아있었다.

이해할 수 없다는 얼굴로 자신을 돌아보다 흑발사내를 바라보는 찰나, 그와 시선이 교차했다.

오싹!

시선이 닿았다고 여긴 순간, 내부의 기운이 요동을 쳤다. 마치 그의 기운을 정면으로 바라보고 있는 것 같은 느낌에 닭살이 돋았다.

"확실히 제법이야."

그리 중얼거리던 사내의 한쪽 입 꼬리가 슬며시 내려오는 게 보였다.

"그래서 아쉽네."

흑발사내의 미간에 작은 주름이 일어났다.

"하필이면 백룡이라니. 기왕이면 흑룡으로 할 것이지. 쯧!"

고개를 절레절레 흔드는 그의 모습을 잠시 지켜보던 카이든이 조심스레 입을 열었다.

"누구…십니까?"

그의 긴장어린 질문에 사내가 살며시 구겨졌던 표정을 풀며 답했다.

"사돈에 팔촌의 옆집 형?"

"…예?"

너무도 뜬금없는 대답에 눈을 동그랗게 뜨고 있으니, 사내가 웃음을 터트린다.

"농담이다. 큭큭큭! 그래도 핏줄은 핏줄이네. 멍청한 표정이 똑 닮았어."

대체 무슨 이야기를 하는 것일까? 이해할 수는 없었으나, 슬슬 기분이 나빠지려고 했다.

이런 감정이 얼굴에 올라오는 듯, 카이든의 표정이 딱딱하게 굳어 가는데, 이런 그의 모습에 흑발사내가 재차 웃음을 터트리는가 싶더니, 돌연 기운을 일으켰다.

화아아악!

그 순간 등줄기를 찌르르 타고 오르는 전율을 느꼈다.

'이건⋯.'

너무도 익숙한 기운이었다.

그의 내부에 있는 의문의 연공법의 결정체.

또한 부친의 내부에도 자리한 미지의 기운.

그 불가사의한 힘이 새로운 얼굴을 한 채 눈앞에 나타났다.

순백의 드래곤!

카이든의 내부에 깃든 기운의 형상이었다.

잿빛 늑대!

부친에게서 보았던 기운의 모습이었다.

그리고,

'⋯샤벨 타이거?'

하지만 일반적인 샤벨 타이거와는 다르다는 느낌이 강했다. 좀 더 자세히 살펴보니 그 정체를 알 수 있었다.

'호랑이!'

직접 눈으로 본 적은 없으나, 황궁 서고의 도감에서 봤던 기억이 떠올랐다.

게다가 그 색이 또 특이했다.

'어두워….'

사내의 칠흑 같은 흑발처럼 짙은 검은빛으로 물들어있었다.

"누구냐고 물었지?"

문득 사내가 말문을 건네 왔다.

"선생."

제대로 알아듣지 못한 듯, 눈을 동그랗게 뜨고 있으니 사내가 재차 웃으며 이야기를 이었다.

"과외 선생이라고 해 두자."

헌데, 그 내용이 또 괴이했다.

'해 둬?'

저 불확실한 대답을 어찌 판단해야 한단 말인가. 도통 이해할 수 없는 이야기만 하는 사내에게 의문 가득한 눈빛을 보내고 있으니, 이걸 또 오해한 걸까?

"천마. 그게 내 이름이다. 나이는 비밀로 하자. 신비주의가 내 매력 포인트거든."

대뜸 자기소개를 하는 것이 아닌가. 멍청하니 쳐다보는 카이든의 모습에 사내, 천마가 빙긋이 웃으며 손을 내밀었다.

"앞으로 잘 부탁한다. 제자야."

어찌 반응해야 할까? 한 차례 고민을 하는가 싶던 카이든이 급히 경계태세를 갖추며 물었다.

"무슨 의도로 접근한 것인지는 모르겠지만, 너무 뜬금없군요."

이런 그의 모습에 천마가 가볍게 실소하며 물었다.

"큭! 의심이라. 그래. 좋은 자세지. 하지만… 이미 너도 느끼고 있잖아?"

성큼 큰 걸음으로 다가온 천마가 얼굴을 들이밀며 말했다.

"네 기운이 내게 끌리고 있다는 걸."

카이든이 시선을 피했다. 그의 말이 틀리지 않기 때문이었다. 칠흑빛으로 물든 호랑이를 보았을 때, 이미 그 기운의 흐름에 끌리고 있었다.

동시에 그의 무릎이 꺾인 이유 역시도 알게 되었다. 그보다 월등한 상위의 존재에게 본능이 고개를 숙인 것이다.

하지만 이성이 이를 부정했다.

"저는 당신을 처음 봅니다. 초면에 공격을 한 것도 모자라, 스승에 제자라니요. 저는 허락할 수 없습니다."

"상관없어."

천마가 웃으며 손을 뻗었다. 피하고자 했으나, 어느새 그의 손에 어깨가 잡혀있었다.

"내가 허락을 했으니까."

너무도 무례한 태도에 언사였다. 이에 반박을 하려는데 어째서인지 말문이 열리질 않았다. 기이한 힘이 전신을 억압하고 있다는 걸 깨달았다. 어깨를 쥔 천마의 손에 힘이 들어가며, 아찔한 무게감이 전신을 짓눌렀다.

"너는 선택권이 없단다."

카이든의 얼굴 가득 그늘이 내려앉았다.

"선택은 강자의 특권이거든."

그리 중얼거린 천마가 재차 웃으며 말을 건네 왔다.

"앞으로 잘 해보자. 제자야."

물론, 대답은 할 수 없었다.

❖

어쩌다 이런 상황이 된 것일까? 열심히 머리를 굴리며 궁리를 해 봤으나, 결국 결론은 하나였다.

'천마!'

세바르는 욕짓거리가 올라오는 걸 느꼈으나 애써 삼켜 내야만 했다.

229

울분과 함께 마른침을 꼴깍 삼키며 전방을 바라보자, 소름끼치도록 무서운 여인이 도끼눈을 뜬 채 노려보고 있는 게 보였다. 그 오싹한 시선이 절로 고개가 바닥으로 떨어졌다.

"건방진 놈!"

노기가 느껴지는 그녀의 음성에 절로 등가가 축축해졌다.

'못 본 사이에 더 괴물이 됐잖아.'

이제는 어느 정도는 따라잡았겠거니 생각했건만, 못 본 사이에 그녀와의 격차는 더욱 멀어져 있었다.

"막둥이 많이 컸어. 감히 나를 오라가라 하고 말이야. 나를 아주 호구로 본다는 건데. 대가리가 제법 컸어."

그녀의 이어진 음성에 급히 변명거리를 늘어놨다.

"오… 오해이십니다. 제가 어찌 검작공께 그런 불순한 생각을 하겠습니까."

천마의 갑작스런 도주로 인해, 주저주저 하는 사이, 결국 세바르는 양 팔이 묶여버렸고, 순식간에 검문소 한편에 딸려있는 창살에 몸을 눕히는 굴욕까지 겪어야만 했다.

뒤늦게 정신을 차린 그가 급하게 억울함을 호소했으나, 도주해버린 천마로 인해 쉬이 먹혀들 리가 없었고, 최후의 수단으로 실력행사를 해야만 했다.

하지만 그럴수록 검문소의 경계는 심해져갔고, 차마 피를 볼 수 없는 상황인지라 결국 '검작공'을 입게 올리면서, 결국 이렇게 그녀가 이곳까지 행차하게 된 것이었다.

검문소의 경비와 제국을 대표하는 검사의 위치를 생각한다면, 감히 그녀를 불러온다는 건 말도 안 되는 이야기일 수도 있었다.

하지만 세바르의 손끝에 피어난 현란한 광채는 그 말도 안 되는 상황을 현실로 만들어버렸다.

별의 힘!

세바르는 그 절대의 힘을 선보이며 창살을 갈라버렸고, 당연하게도 검문소의 방어력으로는 그를 막는 게 불가능했다.

"아주 제대로 일을 벌여놨어."

오르카의 나직한 중얼거림에 세바르가 몸을 한껏 웅크린 채 눈치를 살폈다.

마스터의 등장!

'대' 사건이라 불러도 부족함이 없는 상황이었다. 비밀리에 마졸들을 받아들여야 하는 오르카로써는 검문소의 눈과 귀를 가려야만 했기에, 적잖이 골치 아픈 상황인 건 틀림없었다.

"쯧!"

231

짜증어린 그녀의 태도는 당연한 수순이었다.

하지만 이 모든 작업은 정보원인 사반트가 도맡아서 해야 하는 일이기에, 실질적으로 그녀가 고생할 이유는 없었다.

그럼에도 불구하고 이리 성을 내는 이유는 무엇일까?

'초반 기선제압이 중요하지!'

서리왕과 학살자 그리고 산왕까지, 별의 영역에 든 이들은 하나같이 그 자존심과 성격이 만만치가 않았다. 때문에 이 같은 태도를 내비치며 세바르를 눌러놓으려는 의도였다.

'뭐… 이놈 성격상 개길리는 없지만.'

다른 방식으로 골치깨나 썩일 거라는 걸 알고 있었다.

게으름!

오래전의 일이었으나, 분명 그녀는 세바르에 대한 걸 기억하고 있었다. 다른 마졸들과 달리 유일하게 자주 접하고 얼굴을 마주했던 게 바로 세바르였다. 때문에 그나마 상세히 기억할 수 있는 것이었다.

〈저 놈 저거 천재야.〉

무려 '그'가 인정한 재목이지 않던가. 단지, 그 천성으로 인해 재능을 개화시키지 못하는 부류라고 했다.

'무기력자.'

그가 세바르를 부르던 호칭이 기억났다. 그 정도로 게을렀던 게 바로 세바르였다.

서리왕처럼 반항심이 아닌, 천성적인 게으름으로 그녀를 귀찮게 할 확률이 높기에, 초반에 확실히 분위기를 잡아서 빠릿빠릿하게 부려먹을 심산이었다.

눈동자를 이리저리 굴리며 그녀의 눈치를 보는 것이 확실히 제법 분위기가 잡힌 것 같아 보였다. 이 정도로도 충분하다는 생각도 들었으나, 좀 더 확실히 하고 싶었다.

스릉…

서늘한 검광이 찬란한 태양아래 모습을 드러냈다. 세바르가 마른침을 삼키며 뒷걸음질을 치는 게 보였다.

"씨벌!"

나직한 세바르의 욕설과 함께 매타작이 시작되었다.

간단한 교육시간이 끝나고, 짤막한 대화가 오간 뒤, 검문소 사건의 대략적인 사정을 들은 오르카는 눈을 반짝이며 그 시선을 수도방향으로 돌렸다.

'대공의 형제라…'

세바르를 통해 천마에 대한 이야기를 들었다. 때문에 그 존재에 대해 호기심이 이는 것이다.

그도 그렇게 제튼의 가족사에 대해서 아주 잘 알고 있는 까닭이었다. 그런 그녀의 기억 속에도 천마라 불리는 이름은 없었다.

'누굴까?'

지난 번, 전쟁지역을 공포에 떨게 만들었다던 '천신과 마신의 전쟁'과 연관이 있다는 소리도 들었다.

이 사건에 브라만 대공이 개입되었다는 것 정도는 이미 예상하고 있는 바였다. 때문에 천마라는 존재에 대한 궁금증을 거두기가 어려웠다.

세바르에게는 고생하라는 말을 남기고 자취를 감췄다고는 하나, 굳이 이곳까지 와서 다른 곳으로 향할 이유는 없으니, 수도 안쪽으로 들어갔다는 결론이 나왔다.

이미 세바르를 통해 대략적인 외모와 특징은 들을 수 있었다. 남은 건 이를 토대로 찾아내는 일 뿐이었는데,

의외라고 해야 할까?

"반가워. 검술 담당!"

뜻밖에도 채 하루가 지나기도 전에 '천마'라 불리는 사내와 조우할 수 있었다.

"나는 성교육 담당이라고."

그 곁에는 불만가득한 표정의 카이든이 함께였다.

❋

대공의 기사!

그 영광스런 칭호를 달았던 기사와 집단은 생각이상으

로 많았다.

하지만 실질적으로 대공의 기사라는 이름에 의미를 부여한 이들은 '최초의 기사'라고 할 수 있는 이들밖에 없었다.

물론, 이후의 기사들이 '의미'에 '무게'를 더해줬기에 대공의 기사라는 칭호가 오래도록 영광될 수 있던 것이기는 했다.

어쨌든 이 '최초의 기사'라고 부를 수 있는 이들을 굳이 '기수'로써 분류를 하자면, 최초라는 말처럼 1기라고 볼 수 있었다.

이후 다양한 기사단이 나왔는데, 그 중에서도 가장 최초와 가까운 기사, 즉 두 번째 기수의 기사로 불릴 만한 이들은 단 하나 뿐이었다.

흑사자 기사단!

현 제국을 대표한다는 3대 기사단 역시도 이후의 기수라고 할 수 있었다.

헌데, 이 흑사자 기사단과 최초의 기사단 사이에는 숨겨진 기수가 존재했다. 굳이 표현하지만 1.5기라고 할 수 있는 이들로써, 그 수는 극히 적었는데, 최초의 기사단의 끝자락에 끼어들어 그들과 함께한 이들을 의미했다.

밀러 베인!

중간 기수를 대표하는 기사가 바로 그였다. 그 때문일까? 현 제국을 대표하는 3대 기사단과 달리, 밀러는 최초의 기사단과 상당한 친분이 있었다.

그렇기에 눈앞의 상황에 감격할 수밖에 없었다.

"선배님!"

그의 외침에 일단의 무리들이 낄낄거리며 웃음을 터트린다.

"와! 이놈 보게. 아주 제대로 여물었어."

"까불지 마라. 이제 너 같은 건 한방에 훅 갈걸."

최초의 기사들이라 불리며, 이제는 쿠너에게 그 마음을 허락한 그들이 웃으며 밀러를 반겼다.

'어떻게…?'

눈으로 보고 있으면서도 쉬이 믿기가 어려운 광경이었다. 그도 그렇게 마지막으로 그들의 소식을 들었을 때, 저들 중 온전한 이는 단 한명도 없었기 때문이었다.

하나같이 폐인이나 다름없는 몰골로, 스스로를 망가트리며 한발 한발 죽음에 다가가고 있지 않았던가. 마공의 후유증으로 인한 상황이기에, 저들을 돕는 건 불가능했다. 그렇기에 더 안타까워했던 기억이 있었다.

"괜찮으신 겁니까?"

밀러의 조심스런 물음에 이들을 대표하듯 브로이가 앞으로 나서며 답했다.

"뭐, 겉보기에는. 그래도 아직 사람구실을 할 정도는 아니지."

조금은 야박하다 할 수 있는 그의 평가에, 다른 기사들이 일제히 투덜거리며 그를 타박했다.

"사람구실하려면 벽 정도는 넘어야 된다는 거냐."

"마스터 아닌 놈은 서러워서 살겠나. 퉤퉤!"

"우~우~!"

동료들의 반응에 가볍게 실소한 브로이가 밀러를 향해 말했다.

"사반트에게 들었냐?"

그 물음에 밀러가 고개를 끄덕였다. 마르셀론 공작의 그늘에 드는 장기임무를 수행하느라, 이제야 저들의 정보를 듣게 되었고, 그 길로 이렇게 찾아온 것이었다.

"듣기로는 보통 어려운 임무가 아니라고 했었는데…."

말끝을 흐리던 브로이가 밀러를 잠시 훑어보더니 고개를 절레절레 흔들었다.

"그래도 이건 좀 과한 것 같다."

제튼을 통해 밀러와 사반트가 연결되었듯, 브로이 역시 제튼으로 인해 사반트와 연결된 상태였는데, 그 덕분에 밀러와 관련된 정보도 작게나마 들은 게 있었다.

다른 동료들은 아직 한창 회복기에 있는 까닭에, 밀러의 내부변화를 눈치 채지 못했으나, 그는 달랐다.

'오러의 성질 자체가 변하다니.'

대충, 그려지는 상황이 있었다. 오래전에도 밀러에게 이와 비슷한 상황이 있었던 걸 떠올렸다.

어찌 보면 대공의 기사들 중에서도 최초의 기사들을 제외한다면 '고참' 격인 밀러였다. 하지만 대공의 명령에 의해 자신의 능력을 억제하며, 신입으로써 새로이 창설된 기사단에 몸을 담지 않았던가.

'그래도 예전에는 일부만 버린 정도였던 것 같은데, 지금은 아예 다 내던졌구나.'

과도할 정도의 충성심이 아닌가 싶었다. 하지만 저 올곧은 심성 덕분에 마공의 부작용에서 스스로를 지킬 수 있던 것일지도 몰랐다.

어찌 되었건 밀러 역시 최초의 기사들과 닿아있는 존재였다. 충분히 폐인이 될 가능성이 농후했다는 의미인 것이다.

하지만 그럼에도 불구하고 그는 여전히 현역이었다. 분명 심성과 관련된 이유도 있겠으나, 한 차례 오러를 억제했던 경험 역시도 적잖은 작용을 했을 것이라고 여겼다.

"고생했다."

그 말과 함께 브로이가 어깨를 두드리니, 밀러가 별 것 아니라는 듯 미소를 지으며 물었다.

"그런데 선배님들은 이제 어떻게 하실 생각이십니까?"

사반트를 통해, 이들이 이번 습격사건에서 어찌 활약했는지에 대해서도 들었다. 그로 인해서 옛 모습을 상당부분 되찾았다는 것도 확인이 가능했다.

때문에 궁금한 것이다. 대답은 브로이가 아닌 다른 이들에게서부터 날아들었다.

"현역 복귀지."

브로이가 뒤늦게 한마디를 더했다.

"뭐, 아직은 사람구실하려면 멀었지만."

당연하게도 동료들의 반발이 이어졌다. 그들의 유쾌한 반응에 작게 실소한 밀러가 슬쩍 표정을 고치며 브로이를 바라봤다.

"그렇다면 당장 일정이 정해진 건 아니라는 뜻이군요."

브로이가 고개를 끄덕이며 답했다.

"뭐, 우선은 그렇지."

슬슬 이들을 찾은 이유를 꺼내들 때였다. 밀러가 조심스레 운을 띄웠다.

"…저희, 흑사자 기사단과 함께하지 않으시겠습니까?"

그 순간 웃음이 멈추고 정적이 찾아들었다.

〈나는 그 아이들의 엄마야!〉

머릿속을 맴도는 외침에 절로 쓴웃음이 나왔다.

"엄마라…."

그리 중얼거리는데, 자연스레 떠오르는 단어가 하나 더 있었다.

"아빠인가."

제튼은 자신의 위치를 새삼 자각했다. 셀린이 이번에 보여준 각오 때문일까? 자꾸만 가슴 한편이 간질거렸다.

여전히 전면에 나설 생각은 없었다.

'하지만….'

굳이 전면이 아니더라도 그가 할 수 있는 건 많았다.

'케빈. 메리.'

아이들을 떠올려봤다. 다가올 환란의 중심에 서게 될 거라고 여겨지는 아이들이었다.

한 아이는 별의 영역에 올랐다. 다른 한 아이는 아직 거기에는 못 미치나, 빛의 축복이 함께 하는 까닭에 충분히 부족함을 채울 수 있을 터였다.

둘 모두 그가 품을 시기가 지났다고 여겼다. 이제는 자립의 시기인 것이다. 그리 생각하는 순간,

〈나는 그 아이들의 엄마야!〉

또 다시 셀린의 외침이 귓전을 맴돌았다. 가벼운 실소가 흘러나왔다.

품을 시기? 성장? 자립?

많은 생각들이 머릿속을 스쳐갔다. 하지만 그 모든 상념들의 끝에는 하나의 외침만이 남아 있었다. 셀린의 목소리가 재차 귓가를 두드렸다.

한 차례 쓰게 웃은 제튼이 자리에서 일어났다.

굳이 전면이 아니더라도 그가 할 수 있는 건 많았다.

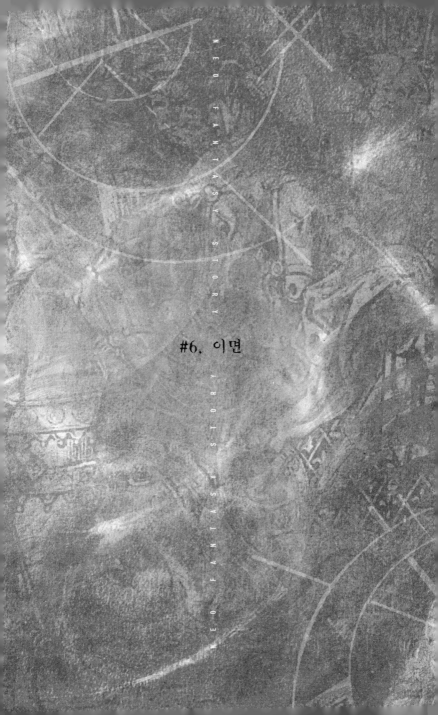

#6. 이면

#6. 이면

의외의 제안이었다.

흑사자 기사단 입단!

갑작스런 밀러의 이야기는 분명 놀라운 내용을 품고 있었다. 때문에 장내를 휘감은 침묵이 이상하게 느껴지지 않았다.

이 짙은 정적 속에서 브로이는 동료들의 심정을 단번에 읽어낼 수 있었다.

'조금은… 동요했나.'

어찌 보면 당연한 일이었다.

'흑사자 기사단이니까.'

분명 그들이 대공의 '최초의 기사'로써 영광된 첫걸음

을 뗀 건 맞았다. 하지만 그 영광의 종지부를 찍은 건, 그들이 아닌 제국의 3대 기사단이라 불리는 프라임, 피닉스, 일루젼 기사단이었다.

허나, 대공의 기사들이 최고로 치는 이들은 단 하나 뿐이었고, 그게 바로 밀러가 속해있는 흑사자 기사단이었다.

비록 기수로 치자면 첫 번째에 속하지 못한다고는 하나, 그 완성도는 가장 높은 게 그들이었다.

때문에 후배라고 여기면서도 흑사자 기사단을 동경하는 마음을 품고 있었고, 그런 이유로 밀러의 제안에 짙은 정적이 깔리는 것이기도 했다.

운을 띄웠던 밀러는 조용히 그들을 살폈다. 그는 마음을 내비쳤고 답은 저들이 내릴 것이다. 남은 건 기다리는 일 뿐이었다.

지금 당장 결론이 나올 거라고 여기지는 않았다. 때문에 이 자리는 여기서 마무리를 짓기로 결심하며 닫혔던 말문을 열려는 찰나였다.

"아쉽네."

돌연, 브로이가 침묵을 깨는 것이 아닌가.

"타이밍이 안 좋아."

"…무슨, 말씀이신지?"

조심스레 내비치는 밀러의 의문에 브로이가 간단히 답해줬다.

"거절이라는 의미야."

브로이의 말에 호응하듯 다른 기사들이 일제히 두어 마디씩 말을 보탰다.

"한 보름만 더 빨리 왔어도 몰랐을 텐데."

"확실히 아쉽긴 하네."

이에 밀러가 재차 의문을 걸었다.

"혹시… 정하신 곳이 있으십니까?"

브로이의 고개가 끄덕여졌다.

은연중에 동경해오던 흑사자 기사단의 입단제의였으나, 그들에게는 이미 마음을 정한 장소가 있었다.

쿠너 플란!

그들은 이미 그의 기사였다.

"시대가 변했지."

밀러를 향하던 브로이의 시선이 동료들에게로 향했다.

대공의 기사!

그것만이 그들의 존재의미였다. 하지만 그 영광되었던 이름은 어느새 갈리고 찢겨, 새로이 탈바꿈되었다.

제국의 눈과 귀라 불리던 까마귀는 그 날개를 잃어 더 이상 세상을 돌아보지 못했다. 제국의 자랑이라던 피닉스 기사단과 일루젼 기사단은 어느새 귀족들의 검과 방패가 되어 있었다.

'그리고….'

대공의 숨겨진 비수였던 흑사자 기사단은 황제의 기사가 되었다. 비록 대공의 뜻으로 인한 것이라고는 하나, 분명한 건 그들의 마음 역시도 동했다는 점이었다. 말인 즉, 더는 과거에 얽매이지 않는다는 의미였다.

'게다가… 우리 역시 새로운 주인을 마음에 품었지.'

많은 게 변했다.

'…그러고 보니, 변하지 않은 녀석들도 있기는 하네.'

유일하게 옛 모습을 지키고 있는 이들이 떠올랐다.

'프라임.'

오로지 황제만을 위해 탄생한 기사단으로써, 여전히 황제의 곁을 굳건히 지키고 있는 이들이었다.

상념에 빠진 브로이와 그의 동료들을 바라보던 밀러가 나직한 한숨을 내뱉었다.

"하아… 아쉽네요."

마음을 접은 것이다. 그 모습에 한 차례 실소한 브로이가 밀러의 어깨를 두드리며 물었다.

"들어보니까 신입한테 바로 장기임무를 시켰다던데, 많이 힘드냐?"

브로이는 어쩌다보니 이들 최초의 기사들을 통솔하는 대표 격이 되어버렸다. 그 덕분일까? 사반트를 통해서 이래저래 정보를 얻는 게 가능했는데, 그 속에는 흑사자 기사단에 관한 내용도 포함되어 있었다.

물론, 자세한 부분까지는 듣지 못했다. 어쨌든 제국의 상부만이 아는 그림자들이 아니던가. 때문에 소량의 정보만이 제공되었다. 하지만 그 소량의 정보만으로도 흑사자 기사단이 어렵다는 건 충분히 알 수 있었다.

밀러가 쓰게 웃으며 입을 열었다.

"엉망이죠."

그래도 이번에 투입시킨 신입의 경우에는 말만 신입이지, 나름 노련한 경험이 있는 실력자였다. 그렇지 않고서야 어찌 신입에게 장기임무를 맡길 수 있었겠는가.

'하지만… 그게 전부지.'

그들 신입들까지가 현재 흑사자 기사단의 전력인 것이다. 기존 전력도 겨우 열 명 남짓이었고, 그나마도 훈련생 교육을 위한 교관으로써 빠지다보니, 제대로 임무를 수행할만한 이들은 다섯 명을 넘기가 어려웠다.

대부분 삼공작 시절에 찢겨졌고, 그나마 남아있던 이들도 까마귀의 정보원 일이나 하는 자신들의 모습에 질려, 하나 둘 은퇴를 결심하며 자취를 감춰버렸다.

그 때문에 이제는 흑사자 기사단이라는 명칭을 쓰기에도 민망할 지경이었다.

물론, 그가 장기임무를 수행하는 사이에도 신입들을 뽑는 일과 교육은 진행되어왔고, 나름대로의 성과가 있어 소규모의 인원이 구성되기도 했다.

'그래도… 아직은 덜 여물었지.'

때문에 저들의 소식을 들었을 때 얼마나 놀랐던가. 반신반의하며 이곳을 찾았고, 직접 눈으로 확인하며 감격할 수 있었다.

게다가 생각이상으로 많은 수에 희망도 가졌었다. 저들 중 절반 혹은 삼분지 일이라도 기사단에 들어와 준다면, 빠르게 과거의 모습을 회복할 수 있다고 여긴 까닭이었다.

헌데, 그 모든 기대가 단박에 무너져버렸다.

'설마… 함께하시겠다는 분이, 한 분도 안 계실 줄이야.'

문득, 이곳으로 향하기 전에 사반트가 했던 이야기가 떠올랐다.

〈무슨 생각인지는 알겠는데, 어려울 걸.〉

그 의미를 이제야 제대로 깨달을 수 있었다. 왠지 입맛이 썼다.

"…시대가 변했어."

브로이가 재차 그렇게 말을 건네 왔고, 동감한다는 듯 밀러가 고개를 끄덕였다.

'확실히….'

새로운 시대가 다가오고 있었다.

일진일퇴의 공방전이 오가는 제국과 연합왕국간의 전쟁에 뜻밖의 존재가 등장했다.

황제!

갑작스런 적국 수장의 등장에 연합왕국측은 적잖게 당황했다. 하지만 그와 동시에 환호하기도 했다.

우두머리를 잡는 것!

단번에 이 지지부진한 전쟁의 흐름을 뒤엎고 승리마저도 노려볼 수 있게 만드는 전술이자 전략이었다.

일제히 검을 들고 사납게 황제를 향해 내달렸다.

그리고,

대륙은 새로운 절대자의 탄생을 눈으로 확인할 수 있었다.

브라만 대공!

그 거대한 그림자가 옅어지는 순간이었다.

◈

대륙은 항상 제국의 동태에 눈과 귀를 열어놓는다. 때문에 제국 수도에서 벌어졌던 사건을 알 수 있었고, 그 사건의 결말 역시도 파악하고 있었다.

하지만 그럼에도 불구하고 의심했다.

"황제에 대한 이야기를 믿지 않았건만."

더는 의문을 제기하기가 어려운 상황이 벌어져버렸다.

"설마, 전쟁에 직접 참전할 줄이야."

수많은 사람들이 보는 앞에서 본신의 능력을 드러냈다. 전장에 존재하던 그 많은 증인들이 황제에 대한 불신을 지워버린 것이다.

"재미있군."

검을 쥔 손에 절로 기세가 더해졌다.

우우우웅!

찬란히 피어오른 백색의 빛무리 속에서 짙은 투지가 느껴졌다.

"브라만 대공에 검작공 그리고 황제라."

물론, 검작공이 별의 영역을 넘어섰다는 소식은 아직 없었다. 하지만 몇몇 정보단체를 통해 그녀와 관련된 정보들이 돌아다니고 있는 상황이기는 했다.

그녀의 천재적 재능을 아는 대륙의 초인들은 이 정보에 상당히 높은 가능성을 열어두고 있었다.

'하늘에 닿은 자!'

생각만으로도 피가 끓었다. 그 열기를 두 눈 가득 담아내며 뜨겁게 타오르는 순간,

"이거야 원, 성국의 검을 보러 왔더니. 있으라는 성기사

는 없고, 웬 쌈닭이 서 있나."

뜬금없는 목소리 하나가 의식을 끌어당겼다.

"누구냐!"

사납게 외치며 검을 휘두르니, 백색 섬광이 허공을 가르며 음성의 진원지로 날아갔다.

콰아앙!

거대한 폭발성이 일었다.

그 강대한 파괴력에 성법으로 단단히 보호받고 있는 수련장의 외벽 겉면이 무너져 내렸다.

"기세는 좋은데, 너무 거칠어."

반대편에서 재차 음성이 들려왔고, 다시금 백색 섬광이 허공을 갈랐다.

콰르르릉!

한층 거세진 검격에 또 다시 외벽이 무너져 내렸다. 다중으로 겹겹이 쌓고 그 위에 성법까지 씌워놓은 외벽이건만, 그 내부가 고스란히 드러날 만큼 이번 일격은 강렬했다.

"쯧! 젊어서 그런가. 쓸데없이 혈기만 넘치네."

이번에는 등 뒤였다. 오싹한 전율이 등줄기를 스쳤다.

'맙소사!'

대외적으로는 알려지지 않았으나, 이미 대륙 초인과 어깨를 나란히 할 만큼 실력을 쌓았다고 자부했다. 헌데도 이리 쉽게 등 뒤를 허락한 것이다.

애초에 상대의 기척 자체를 읽을 수 없다는 것부터가 충격이었다.

'강자!'

그것도 상상을 훌쩍 넘어서는 절대자였다.

'…하늘!'

앞서 곱씹고 있던 브라만 대공과 같은 위치의 초월자라는 걸 짐작할 수 있었다.

'어디서 이런 자가.'

마른침을 삼키며 조심스레 뒤편을 돌아봤다. 무리한 공격으로 상대를 자극하지 않기 위함이었다. 게다가 이미 두 번의 검격이 실패로 돌아가는 걸 확인한 만큼, 선뜻 검이 나가질 않았다.

상대는 그가 돌아보는 걸 용납해줬고, 덕분에 의문의 존재를 확인할 수 있었다.

'누구?'

처음 보는 사내였다. 별다른 특징이 느껴지지 않는 얼굴이라서 더욱 당혹스러웠다. 머릿속에 떠도는 정보들을 추려 봐도 마땅한 답이 나오질 않았다.

그나마 눈에 띄는 게 있다면, 생각보다 큰 체구라는 점이었다.

'나와 비슷한가?'

제법 덩치가 있는 그와 눈높이가 같다는 게 그 증거였

다. 상대의 외형을 살피며 급히 이런저런 정보를 수집하고 있을 때였다.

"멜버릭 알슨. 올해 나이 31세. 성국의 인재양성계획의 최후 생존자. 2년 전, 서른에 들기 바로 한 해 전에 마스터에 올라 별의 힘을 취득함."

돌연, 침입자의 입에서 그의 정보가 줄줄이 흘러나오는 게 아닌가.

'어떻게 그걸?'

성국 내에서도 상부의 극소수만이 아는 비밀을 어찌 외부인이 알 수 있단 말인가.

"아. 최후 생존자라는 표현은 틀린가. 나머지도 살아있으니까."

'거기까지?'

휘둥그레진 멜버릭의 두 눈을 보며 사내가 말했다.

"뭐, 살아 '만' 있는 거지만."

"으음…"

결국 새어나온 멜버릭의 신음성에 사내가 웃었다.

"설마설마 했는데, 정말인가 보네. 이야! 정보력 쓸 만한데."

그리 중얼거리는 사내의 모습에, 멜버릭의 머릿속으로 동기들의 모습이 스쳐갔다.

총 일백 명이었다. 그를 포함한 일백의 인재들이 키워졌고, 그 중에 단 한명, 그 혼자만이 최후까지 남았다.

나머지는 이 계획의 비밀을 지키고자 '기억'을 '조작'
했다. 그리고 이 후유증으로 절반가량이 정신적인 문제를
안게 되었다.

기억 조작은 마법으로 친다면 마도의 영역에 속한 고위
의 술법이었다. 아무리 성국이라지만 쉬울 리가 없었다.

그 때문일까? 그를 제외한 동기들은 말 그대로 살아도
산 게 아닌 삶을 지내고 있었다. 남은 절반도 각각 후유증
이 있어, 수시로 두통과 구토 증상에 시달려야만 했다. 이
는 평생을 안고가야 할 후유증이었다.

침음성을 내뱉던 멜버릭이 사내를 향해 조심스레 물었다.

"누구…십니까?"

대체, 정체가 무엇이기에 이 같은 비밀을 알고 있단 말
인가.

이에 사내가 멜버릭을 향해 미소를 던졌다.

"후원자."

그리고 내뱉은 한마디가 황당했다.

'…뭐?'

재차 눈을 동그랗게 뜨는 멜버릭을 향해, 후원자라 칭한
사내가 물었다.

"악신의 가호냐?"

"…으음!"

재차 침음성이 터졌다. 사내가 너무 많은 걸 알고 있다는 충격에 신형마저 흔들렸다. 하지만 애써 양 다리를 굳건히 세운 채 시선을 바로잡았다.

"악신이 아니라. 그저, 잊힌 것뿐이오!"

그 말에 사내가 눈을 엷게 뜬 채 멜버릭을 한 차례 훑는가 싶더니 고개를 끄덕거렸다.

"확실히, 마기는 안 느껴지네."

멜버릭은 그 대답에서 한 가지 사실을 알 수 있었다.

'설마, 성력을 읽은 건가? 맙소사!'

성국의 대신과들도 파악하지 못한 것을 읽었다?

'교황께서도 구분하지 못한 걸?'

새삼 사내의 정체에 대한 궁금증이 피어났다.

'대체… 누구지?'

이런 멜버릭의 의문을 읽은 것일까? 스스로를 후원자라 밝힌 사내가 웃으며 말했다.

"아빠다."

물론, 여전히 알 수 없는 대답이었다.

악신!

오래 전, 주신 '엘'의 아들 '힘'에게 모든 권리가 이양되는 걸 인정하지 않으며, 주신의 뜻을 거부한 마신과 그를 따르던 신들을 지칭하는 단어였다.

하지만 이 사실은 성국 내에서도 극히 소수의 인원만이 아는 것으로써, 그 숫자가 채 열 명을 넘지 않는 비밀 중의 비밀이었다.

그와 같은 단어가 의문의 사내에게서 나왔으니, 어찌 놀라지 않을 수 있겠는가. 인재양성계획을 알고 있다는 것 이상의 충격이었다. 하지만 그렇다고 해서 오해를 그대로 두고 넘어갈 수는 없었다.

"나는 악신이 아닌 잊혀져버린 고대의 신의 뜻을 따르는 거요."

멜버릭을 버럭 성을 내며 침입자의 오해를 수정했다. 침입자가 고개를 끄덕였다.

"그런 것 같네."

이내 두 눈을 반개하며 생각에 빠져든다. 그 모습에 일순간이나마 검을 쥔 손에 힘이 들어갔다.

'벨까?'

빈틈을 보인 지금이라면? 어쩌면? 혹시? 통하지 않을까? 하지만 이내 힘을 뺐다. 침입자는 가정만으로 움직일 만한 상대가 아니었다.

'하늘을 연상시킬 정도였으니….'

섣부른 판단과 행동은 금물이었다. 그 순간 침입자 사내의 입 꼬리가 올라갔다. 멜버릭은 이를 확인하며 확신했다.

'시험했구나.'

빈틈을 내비쳐서 자신을 유도한 것이다. 이 정도까지 우습게 보일 줄이야. 별의 힘을 얻은 뒤 가슴에 새겨 넣었던 자신감이 산산조각 나는 기분이었다.

'빌어먹을!'

올라오는 욕짓거리를 삼키며 침입자 사내를 바라봤다. 한 차례 웃어보이던 사내는 다시금 상념에 빠져든 상태였는데, 이번에도 시험인지 아니면 정말로 생각하는지 고민하게 만드는 태도였다.

침입자 사내, 제튼은 멜버릭을 통해 한 사내를 떠올리는 중이었는데, 그는 방랑사제 마르한을 대신해 아루낙 마을의 건강을 책임지고 있는 로트넌이었다.

잊힌 고대의 신. 그 중에서도 '악신'을 섬기던 사내로써, 대외적으로는 성국의 신관으로 알려져 있는 사내이기도 했다.

제튼에게 그 '마기'를 들켜서 발목을 잡히게 된 뒤, 마르한의 밑에서 정식으로 수행을 쌓은 덕분일까?

'이제는 진짜 성국의 신관이지.'

마기에 물든 악신의 부정한 성력을 몰아내고, 참된 성력을 일깨운 것이다. 그렇기에 악신의 사제였던 그에게 아루낙 마을의 건강을 맡길 수 있는 것이기도 했다.

'그러고 보니…'

거기까지 생각하던 제튼의 머릿속으로 팔라얀 상단의 정보가 아닌, 새로운 정보가 떠올랐다.

'잊혀진 신은 주신의 뜻을 따르는 이들이었지.'

악신이 아닌 이들, '고대신'이라 칭하는 그들은 주신 '엘'의 뜻대로 '힘'의 권리를 인정하는 신들이었다. 말인 즉,

'하위신?'

물론, 이러한 개념이 올바른지는 확인할 방법이 없었다. 허나, 그의 추측이 들어맞는다면 멜버릭에 대해서 한 가지 가설을 세울 수 있었다.

이를 확인하고자 슬쩍 운을 띄워봤다.

"잊혀졌던 고대신들의 성물로 실험한 건가."

의문이되 의문이 아니게, 일말의 확신을 담아 입 밖에 꺼냈고, 그 순간 내비친 멜버릭의 반응을 통해 가설에 힘이 더해졌다.

'맞구나!'

아직 결론을 내리는 건 무리였으나, 가설이 맞다는 방향으로 흐른 상황이었다. 이를 확실히 하고자 추측들을 풀어놓았다.

"고대신의 힘을 빌려서 벽을 넘었구나."

움찔!

"어떤 신의 기사가 된 건지는 모르겠지만, 단 한명밖에

없는 사제이자 기사니까. 확실히 혜택이 남달랐을 것 같은
데."

움찔!

반응이 참으로 가관이었다. 어떻게든 평정을 유지하려
는 것 같았으나, 외부인에게서 성국의 기밀이 발설되자 당
황하는 기색이 역력했다.

'확실히 실력은 쓸만하지만⋯ 너무 어려.'

딱 봐도 경험이 적다는 게 느껴졌다. 물론, 31세의 나이
가 결코 적은 건 아니었다. 하지만 수련자로써 본다면, 결
코 많다고 하기도 어려웠다. 게다가 저 나이에 경지에 오
르고자 한다면, 외부활동도 자제하며 단련만 했을 확률이
높았다.

슬슬 결정타를 먹여줄 때였다.

"받은 게 있으면 기도라도 열심히 해야지. 보아하니⋯
벽을 넘게 한 신의 힘을 이용만 하려는 모양인데. 그러다
가 정말 천벌 받는다."

부르르르⋯

과연, 추측이 제대로 들어맞은 것인지, 멜버릭의 전신이
격하게 떨리는 게 보였다.

그는 어느새 새하얗게 변해버린 안색을 내비치며 제튼
을 향해 물었다.

"대체⋯ 당신은 누구십니까?"

앞서와 같은 질문이 이어졌다. 또 다시 '아빠'라는 단어가 입 주변을 근질거렸으나, 애써 삼켜내며 애초에 준비했던 대답을 꺼내들었다.

"말했잖아. 후원자라고."

그 말에 멜버릭은 아랫입술을 질끈 깨문 채, 잠시 생각에 잠기는가 싶던 이내 제튼을 향해 재차 물었다.

"그건, 혹시… 저를 도와주신다는 의미이십니까?"

제튼이 고개를 끄덕였다.

"뭐, 그런 거지."

많은 생각들이 머릿속을 스쳐갔다.

'믿어도 될까?'

그 대부분이 의심들이었다. 하지만 이내 의문이 들었다.

'이런 강자가 왜?'

굳이 그를 속이려 할 이유가 있을까? 게다가 신기한 건, 마주하고 대화를 하고 있는 이 순간, 왠지 모르게 상대를 향한 적개심이 사라지고 있었다.

'어째서?'

의문을 느끼는 멜버릭을 향해 제튼이 물었다.

"혹시, 인재양성계획이 아직도 진행 중이냐?"

복잡한 상념들을 단번에 날려버리는 질문이었다. 눈을 동그랗게 뜬 멜버릭의 반응에서 대답을 들은 듯, 제튼이 고개를 끄덕이며 혼잣말처럼 중얼거렸다.

"한 번 성공한 경험이 있으니, 두 번째는 더 쉽다고 생각했겠지."

당연하게도 경지에 오른 멜버릭의 귀에 그의 혼잣말이 안 들릴 리가 없었다.

내용을 들은 멜버릭의 눈가에 경련이 일었다. 그 말 그대로의 상황이 펼쳐지고 있는 까닭이었다.

성국의 인재양성계획은 그 첫 시도만에 멜버릭이라는 '성공작'을 탄생시켰다. 당연히 눈에 불을 킬 수밖에 없는 상황이었다.

'고대신들의 성물은 넘칠 테니.'

새로운 양성계획의 후배들을 떠올리자 절로 입맛이 썼다. 멜버릭이라는 성공작은 무려 아흔아홉의 실패를 딛고 이뤄진 일종의 기적과도 같았다.

그 아흔아홉의 동기들을 기억하고 있었다. 그들은 그를 잊었을지언정, 그는 그들을 잊지 못했다.

때문에 2차 인재양성계획을 보는 시선이 고울 수가 없었다. 그럼에도 불구하고 앞으로 나서지는 않았다.

벽을 넘었다고는 하나, 그는 아직 '개인'이었다. 특히, 고대신을 통해 탄생한 성기사이다 보니, 성국과 함께 할 수도 없었다.

'아직까지는…'

하지만 머지않아 저들, 성국의 참 된 일원이 될 수 있을 터였다.

"벽은 고대신의 힘으로 넘고, 자리는 성국에 마련하시겠다?"

문득 들려온 질문에 상념에서 깨어났다.

"그거, 손목에 찬 거. 성물이지?"

제튼의 물음에 또 한 번 놀랐으나, 성력의 구분이 가능한 그의 능력을 떠올리며 고개를 끄덕여야만 했다.

"…그렇습니다."

이 부분에서 제튼의 미간이 살짝 구겨졌다.

"하지만 몸속에 있는 기운은 성물하고 다르네."

"으으음! 그렇…습니다."

왠지, 상대가 그의 모든 걸 알고 있다는 생각이 들었다.

"머리와 가슴이 각자 다른 신을 품었구나."

말 그대로였다. 벽을 넘기 위해서 고대신의 힘을 빌렸다. 하지만 성국의 일원이 되기 위하여, 기도는 성국의 신을 향해 보내고 있었다.

그리고 바로 이것이 아흔아홉의 실패작이 나올 수밖에 없었던 결정적 이유였다.

성국의 신 '힘'과 잊혀진 고대의 신.

한 몸에 두 종류의 성력을 품으려 하는데 어찌 문제가 발생하지 않겠는가. 제튼이 짧게 혀를 찼다.

"쯧! 정령술을 익히는 이들도 선택받지 못한 자는 두 가지 이상의 속성을 품지 못하는 것을."

그나마 선택받은 정령사도 두 번째 속성을 얻는 건 쉽지 않다고 알려져 있을 정도였다. 하물며 신을 품는 일이었다.

"문제가 발생하는 게 당연하지. 뭐, 그런 의미로 보면…."

제튼이 멜버릭의 전신을 쭈욱 훑었다.

"너는 운이 좋은 경우네."

하나의 성력 너머로 또 다른 성력이 자리하고 있음을 느꼈다.

'마치… 양기와 음기가 대치하는 것처럼.'

저 두 성력이 마치 '태극'처럼 조화를 이룰 수 있다면 좋을 것이나, 그와 같은 결과는 어려울 거라 여겼다.

"선택해."

거리를 좁힌 제튼이 어느새 멜버릭의 왼손 손목을 낚아채며 말했다.

"고대신의 부름에 응할 건지, 외면할 건지."

성국이 계획하고 있는 방향대로 가고자 한다면, 당연히 고대신의 성력을 버리는 방향으로 가야 했다. '외면한다' 그렇게 답해야 하는 것이다.

"……."

하지만 어째서인지 입은 열리지 않았고, 답은 나오지 않았다.

"반응을 보니, 자신이 어떤 선택을 해야 하는지 알고 있구나."

정답이었다. 단지, 그 선택을 할 용기가 나질 않아서 미루고 미루며 여기까지 온 것이었다.

주저하는 그를 향해 제튼이 한마디를 더했다.

"명심해. 선택에는 항상 결과가 따른다는 걸."

어째서일까? 멜버릭은 가슴이 답답하다는 느낌을 받았다. 호흡이 가빠지고 있었다.

◆

어쩌다가 이렇게 된 것일까?

'거 참…'

로트넌은 자신의 현재 위치와 모습들을 떠올리며 쓰게 웃었다.

소학원의 치료실장!

어쩌다 이리 된 걸까? 이유는 잘 알고 있었다.

방랑사제 마르한 케메넨스.

그의 부탁으로 인해 이곳의 실장자리를 채우고 있는 거였다.

'신관에게 치료실장이라니.'

슬쩍 헛웃음이 나오려 했으나, 뛰어난 치료사이기도 했던 마르한을 떠올리며 삼킬 수 있었다.

그 덕분에 고대 악신의 부정한 성력을 몰아내지 않았던가.

'게다가… 이곳 생활도 나쁘지는 않으니.'

살다보니 정이 들었다고 해야 할까? 과거에는 성국에서 한 자리 하고자 하는 마음도 제법 있었으나, 이제는 그저 이렇게 정착해 사는 것도 괜찮다는 생각이 들고 있었다.

여러모로 예전과는 달라진 자신의 모습을 상기하자 슬쩍 웃음이 나왔다. 고개를 절레절레 흔들며 옛 기억을 털어내는데, 저 앞으로 눈이 번쩍 뜨이는 미녀가 걸어오는 게 보였다.

"신관님."

그를 발견한 듯 에이미가 활짝 웃으며 다가오는 게 보였다.

"어서 오렴. 에이미."

아직 어린 티가 남아있었으나, 올해 열일곱이라는 꽃다운 나이 때문인지, 오히려 풋풋한 싱그러움으로 이를 부각시켜주고 있었다.

어느새 곁으로 다가온 에이미가 보따리를 하나 내밀었다.

"허허…잘 먹으마."

보따리는 도시락으로써, 그의 점심을 위해 에이미의 모친이 챙겨준 것이었다. 웃으며 받고는 있으나, 마르한이 떠난 까닭일까? 그 미소가 어색한 기색이 딸려 나왔다.

과거, 선천적으로 에이미는 몸이 약한 아이였다. 이를 치료하고자 성직자들을 찾아 다녔는데, 그 중에는 로트넌 역시 끼어있었다.

하지만 악신을 섬기던 그로써는 에이미를 제대로 치료할 마음이 없었다.

'능력도 안 됐지….'

다시 생각해도 부끄러운 과거였다. 애초에 병명도 알지 못했다.

'오음… 절맥.'

제대로 발음하기도 어려운 괴상한 병명으로써, 마르한과 더불어 그가 어려워하는 사내, 제튼 반트에게서 들어 알고 있는 질병이었다.

'결국, 치료는 마르한 사제님이 다 하셨지.'

제튼 역시도 한 손 거들었으나, 은밀히 도왔던 까닭에 로트넌은 알지 못하는 부분이었다.

그 고마움 때문에 에이미의 모친이 항상 점심을 챙겨주는 것이었다.

'끄응… 한 게 없으니. 먹기가 참.'

민망하니 슬쩍 시선을 돌려 표정을 감춘 그가, 도시락을 한쪽으로 밀어놓으며 물었다.

"그래. 시험 준비는 잘 되어가고?"

"잘… 모르겠어요."

자신감 없는 에이미의 음성에 슬쩍 쓴웃음이 나왔다. 아이가 가려 하는 아카데미의 수준을 아는 까닭이었다.

카이스테론 아카데미.

무려 대 제국 칼레이드를 대표하는 명문이 아니던가. 하지만 이내 미소를 고치며 입을 열었다.

'이 아이라면 문제 없지.'

"걱정 말아라. 마르한 사제님도 항상 말씀하셨듯이, 너만큼 똑똑한 아이는 없을 거다. 그러니 분명 문제없이 붙을 수 있을 게다."

아카데미의 수준을 생각하면서도 이리 말할 수 있는 건, 정말로 에이미의 뛰어난 머리를 아는 까닭이었다.

만약 오음절맥이라는 병만 아니었더라면, 이미 한참 전에 아카데미를 합격했을 거라 확신할 만큼 천재적이었다.

아이 스스로도 알고 있을 거라 여겼다. 하지만 그럼에도 불구하고 저처럼 자신감이 없어 보이는 건, 어째서일까?

'저 소심한 성격만 고친다면, 아무런 걱정이 없을 것인데.'

때문에 수도로 보내면서도 걱정이 이만저만이 아니었
다.

"그나저나… 제니에게는 말 했겠지?"

그 순간 에이미의 표정이 어두워졌다.

'아직…인가.'

아이의 소심한 성격을 떠올리니 쉽지 않을 거라는 생각
이 들었다.

'어쩌다가. 허어….'

머릿속에 떠오르는 사내가 있었다.

케빈 반트!

눈앞의 소녀 에이미가 마음에 품은 사내였다. 그리고 제
니는 바로 그 케빈의 사방을 에워 쌓고 있는 방벽과도 같
은 소녀였다.

워낙에 철저한 방벽인 까닭일까? 당연하게도 에이미의
감정은 제니에게 들켜버린 상황이었다.

하지만 그럼에도 불구하고 제니는 별다른 제지를 하지
않았다.

기본적으로 에이미와 친분이 있었던 이유도 있었으나,
그보다 앞서 제니 스스로의 자신감이었다.

〈결국 오빠는 내 거니까!〉

얼마든지 유혹해 봐라. 대충 그 같은 의미였다. 그럼에

도 불구하고 에이미가 이처럼 위축되어 있는 이유는 간단했다.

소심한 그녀의 성격 때문이었다. 특히, 제니는 에이미의 몇 없는 친구가 아니던가.

오음절맥이라는 독특한 질병 때문일까? 외부 활동이 별로 없던 까닭에, 에이미는 주변에 친구라 할 만한 사람이 한 손에 꼽을 정도였다.

카이스테론 아카데미에 시험을 치는 것도, 그곳이 에이미가 목표로 하는 선생들이 있는 까닭이건만, 케빈과 연관되어 생각할까봐 이처럼 제니에게 선뜻 말을 못하는 것이었다.

'뭐, 케빈과 전혀 상관이 없지는 않겠지만.'

그 때문에 더욱 아이가 안타깝게 여겨졌다.

'어쩌다 그 녀석을 마음에 둬서는….'

신관이다 보니 남녀 사이의 관계에 대해 박식한 건 아니었으나, 그렇다고는 해도 기본적으로 눈치가 있는 까닭에 모를 수가 없었다.

케빈은 에이미를 그저 동네 동생 정도로 생각할 뿐이었다.

'후우….'

오랜 세월을 지내온 정 때문일까? 아끼는 마음이 컸기에 에이미가 다치지 않았으면 하는 마음이었다.

'그렇다고 말릴 수도 없으니.'

뒷머리를 슬쩍 긁적인 로트넌이 외부로 내돌리던 시선을 에이미에게로 보내며 조심스레 입을 열었다.

"밥이나 먹을까?"

물론, 침울해진 에이미를 위한 화제전환용 물음이었다. 이런 그의 마음이 전해진 듯, 에이미가 얼굴의 그늘을 일부 걷어내며 고개를 끄덕였다.

◈

수도 습격사건이 발생하고 보름이라는 시간이 지났을 즈음, 몬스터 토벌로 인해 외부로 나가있던 아카데미의 고학년들이 복귀하기 시작했다.

비록 아카데미의 철저한 방비로 인해 별다른 피해는 없었다고 하나, 그래도 습격사건의 여파에서 온전하기는 어려웠던지, 은연중에 조금은 눅눅해진 공기가 아카데미를 가득 채우고 있었다.

그런 와중에 고학년들의 등장은 분위기를 환기시켜 줄 만한 전환점이 되기에 충분했다.

특히, 현장에서 직접 실전을 치르고 온 선배들의 경험담은 오히려 아카데미의 공기를 달아오르게 만들 정도였다.

황제와 관련된 소식에 고학년들의 복귀까지 더해진 덕

분일까? 이제 아카데미는 완벽히 일상을 되찾았다고 볼 수 있었다.

'되찾은 정도가 아니지.'

잠시 귀를 기울이면, 그 즉시 변화된 분위기가 읽혀졌다.

"이번에는 전쟁지역으로 파견을 간다고 하던데."

"게다가 저학년도 지원할 수 있다더라."

"한 번 지원해볼까?"

"저학년은 시험을 치러야 갈 수 있을 걸."

"되면 좋고, 안 되면 말고. 그냥 한 번 도전이라도 해 보는 거지."

습격사건으로 인해 웅크리는 분위기였던 학생들이 다시금 열기를 피워내고 있었다.

케빈은 변해버린 공기를 느끼며 조용히 고개를 흔들었다. 환기가 된 건 좋았으나 단기간에 너무 과할 정도로 바뀌어버린 건 달갑지가 않았다.

'전쟁이라니.'

저학년들 중에는 아카데미를 한 차례 졸업하고 온 이들도 있었으나, 이곳 카이스테론이 시작인 어린 학생들 역시 많았다.

그런 학생들이 벌써부터 전쟁을 입에 올리며 전장으로 가려 하는 모습들이 좋게 만은 보이질 않았다.

사실 그가 이런 분위기를 신경 쓸 이유는 없었다. 하지만 이 분위기에 한 사람이 휩쓸면서, 더는 외면하기가 어려워졌다.

"오빠. 우리도 지원해볼까?"

여동생 메리의 뜬금없는 제안이 그로 하여금 뒷목이 뻐근하게 만들었다.

"설마, 전쟁터에 나가고 싶은 거냐?"

당연하게 이어진 케빈의 질문에 메리는 슬쩍 대답을 외면했고, 이를 통해서 여동생의 뜻이 전쟁터에 있지 않다는 걸 짐작할 수 있었다.

어째서 이런 생각을 하는 것일까? 조심스레 이유를 알아봤다. 생각보다 쉽게 그 답을 찾아낼 수 있었다.

'친구…인가.'

메리의 주변 동기생들이 문제였다. 그 아이들이 하나 같이 전쟁과 관련된 이야기를 하는데, 개중에는 메리가 마음에 둔 친구들도 여럿 있었다.

걱정되는 마음에 따라가려는 생각을 하게 된 것이다.

"쯧!"

상황이 이렇다 보니 아카데미의 분위기가 불편할 수밖에 없었다.

맘 같아서는 전쟁을 입에 올리는 신입생들을 죄다 치료실로 보내주고 싶을 정도였다.

항시 여동생을 위하는 마음으로 그 결정을 존중해왔으나, 이번만큼은 단호히 안 된다는 의사를 내비쳤다.

'전쟁터라니.'

사실, 그의 맘 같아서는 이곳 기사학부에도 들이고 싶지 않은 마음이 컸다.

하지만 어쩌겠는가. 여동생의 마음이 이곳에 있는 것을. 어릴 적 제대로 거동이 어려웠던 탓에, 몸을 움직이는 걸 좋아하는 여동생이었다.

그 때문에 연공법과 몸놀림, 그 중에서도 특히 발재간을 주로 익히며 단련을 해 온 것이 아니던가.

기사학부로의 지원은 당연한 수순이었다. 반대하는 마음도 있었으나, 같이 아카데미를 다닐 수 있다는 생각에 과감히 반대의견은 묵살했다.

딱 거기까지였다.

'전쟁터는 안 돼!'

단호히 고개를 흔든 그가 조금은 매서워진 눈으로 아카데미를 훑었다. 학생들은 여전히 파견관련 내용으로 들끓고 있었다.

◈

브라만 대공의 출현으로 대륙 기사들의 전체적인 수준

이 올라간 까닭일까?

현 대륙은 '별'이라 불릴만한 이들이 유례없을 정도로 많았는데, 알려진 이들만 해도 그 수가 무려 14명이었다. 보통 10명은커녕, 한 손에 꼽는 것이 흔했던 과거를 떠올려 본다며, 확실히 이번 시대는 전에 없이 특별한 시기라 할 수 있었다.

이런 알려진 초인들을 제외하고, 알려지지 않은 강자. 그런 이들이 바로 제튼이 목표로 하는 대상이었다.

성국의 기밀이라 할 수 있던 멜버릭 알슨. 그 역시 이런 숨겨진 강자에 포함되어 있었다.

그를 시작으로 수많은 강자들을 찾아다녔다.

거기에는 멜버릭처럼 기밀로 분류되어, 외부적으로는 전혀 정보가 없는 이들 외에도, 은연중에 소문으로 흐르던 이들 역시 포함되어 있었다.

이들은 대부분 소문보다 못한 경우가 많았으나, 간혹 그 소문에 부합되는 이들도 있었고, 그 중 몇몇은 오히려 소문이 부족할만한 실력자들 역시도 존재했다.

소문보다 못한 이들 중 그나마 싹수가 보이는 이들은 한 번씩 밟아주며, 소문정도는 되게 만들었다.

소문에 부합되는 이들은 가볍게 밟아주며, 현 위치에 안주하지 않는 독기를 심어줬다.

소문이 부족할 만한 이들의 경우에는 신나게 밟아주며,

뛰는 놈 위에 나는 분이 계시다는 걸 알게 해 주었다.

각기 수준에 맞춘 바닥체험을 경험시켜 준 것으로써, 아픔에 굴복하는 이들은 그대로 바닥에 드러누워 뒹굴고 있을 테고, 이를 이겨낸 이들은 더 높은 세상의 공기를 체험하게 될 터였다.

'그럼….'

제튼은 눈앞의 사내를 바라봤다.

'…이놈은 얼마나 밟아줘야 하는 거지?'

수준별 맞춤학습을 생각하고 움직이는 중이었으나, 그 '수준'이 그가 생각했던 위치를 훌쩍 넘어서는 경우는 어찌 해야 한단 말인가.

'끄응!'

사내의 존재를 인지했을 때, 그가 받았던 충격은 이루 말할 수 없었다.

'그랜드…마스터?'

깜짝 놀랐다. 상상도 못 했던 상황이었다. 더욱 놀라운 건 그 위치였다.

'오르카보다 반수 위.'

초급은 넘었고, 중급도 반걸음 정도는 지나가고 있었다. 애써 감정을 숨기며 표정을 수습하고 있을 때, 사내가 짧은 탄성과 함께 말문을 여는 게 보였다.

"허… 이거 참. 대단하군. 자네는 누구인가?"

오히려 제튼이 묻고 싶은 부분이었다. 물론, 팔라얀 상단에서 건네 온 정보로 이미 알만한 건 다 알고 있었지만, 그럼에도 불구하고 궁금증이 이는 건 어쩔 수가 없었다.

뭐라고 대답을 해야 할까? 고민을 하고 있는데, 대뜸 사내가 입을 여는 게 아닌가.

"뭐, 대충 예상되는 사람이 있기는 하군."

그 뒤, 한 차례 시선을 마주치더니 고개를 끄덕인다.

"브라만 대공. 맞나?"

절로 쓴 웃음이 나왔다. 이런 제튼의 반응에 재차 고개를 끄덕인 사내가 나직이 중얼거렸다.

"과연, 대단하군. 대단해! 소문이 오히려 부족할 정도야."

사내의 혼잣말을 듣고 있던 제튼은 왠지 그의 말투에서 상대가 정보보다 나이가 많을지도 모른다는 생각이 들었다.

때문에 묻지 않을 수가 없었다.

"혹시… 성함이 어찌 되십니까?"

"음? 모르고 왔나? 알고 온 거 아니었나?"

처음 등장하던 당시, 제튼이 내비쳤던 표정이나 기색을 통해 그리 짐작한 것이리라.

"그러게 말입니다. 저도 알고 있다고 생각했는데, 왠지 잘 못 알고 있는 걸지도 모른다는 생각이 드는군요."

"허헛! 뭐, 그렇다면 직접 소개하겠네. '에르악 하쿰'이
라고 하네."

이름을 듣는 순간 확신했다.

'베낙 하쿰이 아니라?'

팔라얀에서 들은 정보와 전혀 다른 이름이었다. 하지만
그 성이 똑같은 걸로 봐서, 아주 관계가 없는 건 아닌 듯싶
었다.

"베낙 하쿰이란 분과는 어떤 관계이십니까?"

그 물음에 에르낙이 허허 웃음을 터트리며 입을 열었다.

"그렇군. 요새 손자 녀석이 말썽을 좀 부린다고 하더니.
그 녀석을 찾아 온 거였구만. 하긴… 내가 활동했던 건 벌
써 50년도 더 전이니. 허헛!"

민망한 듯 뒷머리를 긁어대는 모습에서, 제튼 역시도 어
색하니 뒷머리를 긁적였다.

앞서 이 '놈'이라 생각했던 사람이 이 '분'이라는 사실을
알고 나자, 괜히 양심이 뜨끔거린 것이다. 게다가 밟아주
니 어쩌니 했던 것까지 떠올리니, 슬쩍 낯이 뜨거워질 지
경이었다.

초인들의 경우, 보통 귀밑의 머리카락 색으로 그 연령대
를 추측하고는 하는데, 에르낙의 경우에는 귀밑머리의 색
마저도 일반적인 머리카락 색과 다를 게 없어, 크게 티가
나질 않았다.

초급의 경지를 넘어섰다는 증거이기도 했다.

"그나저나 의외군."

문득, 의문을 내비치는 에르낙의 모습에 제튼 역시도 의아한 얼굴로 그를 바라봤다.

"소문으로 듣던 것과는 전혀 달라."

그리 말한 에르낙이 제튼의 얼굴을 뚫어져라 쳐다봤다.

"생김새나 머리카락 색도 그렇지만, 성격도 전혀 다르구만. 듣기로는 마왕이니 사신이니 하는 흉흉한 이야기가 있어서, 아주 무시무시할 줄 알았건만, 허헛! 자네를 보고 있으니 도통 믿기지가 않는군."

한 차례 천마를 떠올린 제튼이 쓰게 웃으며 입을 열었다.

"소문이니까요. 게다가 이미 오래전에 은퇴까지 한 상태라서요."

"그 말은… 소문의 모습은 자네가 만든 가짜라 이건가?"

"편하게 생각해 주십시오."

"허헛!"

재차 너털웃음을 터트린 에르낙이 제튼을 향해 물었다.

"보아하니 손자 녀석을 찾아 온 모양인데. 무슨 일인지 알 수 있겠나?"

그 물음에 제튼이 어색하게 웃었다.

〈사뿐히 즈려밟으러 왔습니다.〉

이리 대답할 수는 없지 않은가.

'어쩐다.'

최대한 그럴싸한 대답이 필요했다.

"나쁜 의도로 찾아온 건 아닙니다."

결국 내뱉은 건 이 정도가 최선이었다. 혹여 의문이 길게 이어질까 우려가 돼, 말을 끝내자마자 바로 질문을 던졌다.

"그런데 정말 정체가 어떻게 되십니까?"

이런 제튼의 물음에 에르낙이 웃으며 물었다.

"이미 들었잖은가."

그것만으로는 부족했다. 베낙 하쿰이 친우와의 술자리에서 언급했다는 내용 중 하나가 머릿속을 떠올랐다.

"혹여… 옛 영웅분들과 관계가 있으십니까?"

그 순간 에르낙의 눈가에 이채가 스쳤다. 표정적인 변화는 없었기에 제대로 보고 있지 않았더라면 놓쳤을 법한 찰나의 광채였다.

잠시간 침묵이 이어졌다. 제튼에게 들켰다는 걸 본능적으로 느낀 것일까? 에르낙이 쓰게 웃으며 말문을 열었다.

"어찌 알았나."

"손자분이 술자리에서 언급했던 적이 있더군요."

"허어… 그랬나. 허허…."

너털웃음을 터트리며 미소를 띠우고는 있었으나, 그 눈빛은 결코 웃고 있질 않았다. 모르긴 몰라도 손자와의 개별면담이 있을 확률이 높았다.

"쯧! 자네의 표정을 보아하니, 내가 확신을 준 모양이군."

"…예."

연신 혀를 차던 에르낙이 나직한 한숨과 함께 고개를 끄덕였다.

"후우… 자네 생각대로네. 우리는 과거에 영웅이라고 불렸던 분의 후손일세."

그리고 이어진 이야기는 생각보다 의외의 내용을 담고 있었다.

"우리 가문이 비록 영웅이라고 불리던 분의 후손이지만, 실제로 뛰어난 연공법이 있는 건 아니었다네."

그저 남달리 건강하고 튼튼한 육신 정도가 전부였다.

"뭐, 재능깨나 있는 정도가 전부지."

의아할 수도 있었으나 벨로아에게 들은 내용을 상기시킨 제튼은 쉬이 그 이유를 짐작할 수 있었다.

'신의 가호와 드래곤의 안배인가.'

영웅이라고 불렸던 이들이 분명 특별한 재능이 있는 건 맞다. 하지만 이를 굳이 천마의 세상으로 비교한다면, 하나같이 극상이라고 보기는 어려웠다.

'그래도 천급은 되겠지만.'

이는 벨로아에게 들은 이야기들을 통해서 그 홀로 추측해낸 정보일 뿐이었으나, 상당한 신빙성이 있다고 여겼다.

뛰어난 아이들에게 신의 가호가 더해지고, 거기에 드래곤이 준비해놓은 안배들이 덧씌워지며, 영웅이라 불리기에 충분한 용자가 탄생하는 것이다.

'결국… 약빨에 운빨이지.'

뛰어난 연공법으로 인한 자체적인 성장이라고 보기는 어렵다는 뜻이었다. 그 때문일까? 에르낙의 가문은 벽을 넘는 아이를 찾기가 어려워졌다.

"그래도 명색이 영웅의 후손이라는 자존심이 있어서인지, 나름대로 연공법도 모으고 이런저런 실험도 여러 차례 해 왔다네."

하지만 애초에 몸을 움직여 기운을 쌓는 동공의 연공법이니 만큼, 그 개발이 생각보다 쉽지 않았고, 온전히 이어지는 것 역시 만만치가 않은 일이었다.

그 덕분에 영웅이 모아놓았던 재산이 순식간에 바닥을 드러냈을 정도였다.

"그렇게 오랜 시간을 공들여놓고 보니. 뭐… 보다시피 이 정도까지는 회복이 되더군."

그리 말하며 자신을 슬쩍 드러내는데, 하늘에 닿았다고 할 만한 기세가 일부 모습을 내비치고 있었다.

'회복 수준이 아닌데.'

제튼은 눈을 빛내며 에르낙을 바라봤다.

"그만한 힘이 있으시면 세상에 알리고 싶은 마음도 있으셨을 것인데. 어찌…"

"이런 외진 동네에서 숨어 지내느냐는 거지?"

에르낙이 너털웃음을 터트리며 말했다.

"자네는 어째서 그만한 힘을 지니고서 세상을 등졌나."

그 물음에 제튼이 쓰게 웃었다.

"사실은 과거에 가문을 다시 회복시키려고 활동하던 시기도 있기는 했지."

실제로 상당부분 옛 영광을 찾을 수도 있었다.

"하쿰이라는 성도 그 당시에 하사받은 거라네."

그 말에 제튼이 고개를 끄덕였다. 벨로아 덕분에 옛 영웅들의 이름들을 상당히 파악하고 있는 그가 아니던가. 헌데, 그런 그의 기억에도 '하쿰' 이라는 성은 없었다.

물론, 제튼이 전부를 알고 있는 건 아니기에 모를 수도 있다고 여겼으나, 그래도 조금의 의문 정도는 품고 있었다.

잠시 상념에 빠진 사이에도 에르낙의 이야기는 이어졌다.

"한 때는 공작가라 불리기도 했지. 뭐, 결과적으로 보자면 왕국이 망하고, 가문도 함께 쫄딱 망했지만 말일세. 허헛!"

이후 다시금 가문을 일으키려는 노력이 전혀 없지는 않았다. 이즈음에서 가문의 세력이 둘로 나뉘었다. 이미 한 차례 화를 입었던 까닭인지, 그저 조용히 은인자중하며 영웅의 후손답게 평온을 지키며 살자는 측과 다시금 힘을 기르자는 이들로 나뉜 것이다.

"보시다시피 나는 평온을 택한 분들의 후예라네. 가문을 다시 일으키려던 분들의 경우에는… 뭐, 또 다시 쫄딱 망했지. 아직 그 후손들이 남아있기는 한데, 워낙 시간이 흘러서 서로 남남이나 다를 게 없다네. 뭐."

이야기를 마친 에르낙이 재차 기세를 내비치며 말했다.

"사실, 여기까지 회복했다며 자랑하기는 했는데. 민망하게도 나 밖에 없다네."

"무슨… 말씀이신지?"

"여기까지 도달한 게, 나 혼자 뿐이라는 소릴세."

가문이 제대로 일어서지 못한 것에는 이와 같은 이유도 포함되어 있었다.

"간혹 벽을 넘어서 별의 힘에 닿는 분들이 계시기는 했지만. 그 숫자가 그리 많질 않았어."

그들이 지닌 기본적인 재능 덕분에 어찌어찌 공작의 자리까지 회복을 한 것이었으나, 결국 거기까지가 한계였다.

"뭐, 그래도 꾸준히 연구하고 수련해 와서, 이제는 그럴싸한 연공법이 하나 완성되기는 했지."

그러며 재차 기운을 내비치는데, 마치 '내가 그 결정판이다.' 라고 말하는 것 같았다.

고개를 끄덕이던 제튼이 문득 생각나는 게 있는 듯, 눈을 빛내는가 싶더니 조심스레 입을 열었다.

"혹시… 다른 영웅분들의 후손들은 어찌 지내는지 알고 계십니까?"

에르낙이 슬쩍 웃어 보이는데 그 표정에서 감이 왔다.

"알고 계시군요."

"우리 가문이 생각보다 오래 됐다네."

이쯤 되면 궁금해지는 게 있었다.

"혹시, 옛 영웅께서는 성이 어떻게 되십니까?"

"워낙 오래 전이라서, 알려나 모르겠군. '카샤막' 이라고."

"아발룸 카샤막! 폭풍을 부르는 자."

제튼의 외침에 에르낙이 눈을 빛냈다.

"허어… 하늘이 두 번은 바뀌었을 시간의 일이건만, 대단하군. 이름을 알고 있는 것도 놀랍건만, 칭호까지 알고 있다니. 허헛! 과연, 대 제국 칼레이드의 정보력이군."

전혀 다른 방향에서 얻어낸 정보였으나, 굳이 이를 수정하지는 않았다.

하늘이 바뀌다. 이는 천년의 시간을 이야기하는 것으로

써, 두 번의 하늘 뜻하는 것, 즉 2천년의 시간을 의미했다.

"이제는 이야기책으로도 나오지 않는 분이건만, 허어…
자네, 정말이지 보통이 아니군. 대단해."

그의 연이어지는 칭찬에 한 차례 웃어 보인 제튼이 앞서
의 질문을 재차 이었다.

"다른 영웅의 후손들에 대해서 아는 게 있으십니까?"

에르낙이 어깨를 으쓱거렸다.

"뭐, 다 비슷비슷 하다네."

"어르신 정도 되는 실력자들은 몇 분이나 계시는지요?"

"허헛! 이것저것 다 물어보는 군. 나를 너무 쉽게 보는
것 아닌가?"

"…죄송합니다."

확실히 저와 같은 고급 정보를 맨입으로 달라고 하는 건
무례라 할 수 있었다. 때문에 정중히 사과를 하는데, 이런
그의 모습에 에르낙이 시원하게 웃음을 터트렸다.

"어허허헛! 자네는 참…허헛! 소문과 너무 다르군."

에르낙은 눈앞의 제튼이 그의 예상을 넘어설 정도의 강
자라는 걸 알고 있었다. 얼핏 비치는 기세는 그다지 대단
한 게 없었다.

하지만 제튼이 이곳에 다다르기 전, 실로 찰나라 할 만
한 순간에 제튼의 기운 일부를 느꼈다. 그리고 보았다.

'하늘 위에도 하늘이 있다는 것이겠지.'

정면으로 마주하고 난 뒤에는 특별한 기세를 읽을 수가 없었는데, 그 점이 더욱 그를 놀랍게 만들었다. 그만한 경지에 있는 이가 상대의 기세를 전혀 읽어내지 못한다?

강자!

그 두 글자만이 머릿속을 가득 채울 뿐이었다. 때문에 슬슬 본심을 내비치고자 했다.

"한 가지만 부탁만 허락해 준다면, 뭐든 이야기 해 주겠네."

제튼은 그 내용을 듣기도 전에 짐작이 갔다. 피부를 저릿하게 밀려오는 상대의 기세가 이미 부탁에 대해 이야기해주고 있었다.

때문에 자세를 잡았다.

"오시죠."

그러며 짧게 한마디를 던지는데, 이미 에르낙의 신형은 그를 향해서 쏘아지고 있었다.

아발룸 카샤막!

그 후예가 두 번의 하늘을 지나 다시금 폭풍을 부르기 시작했다.

❖

세상은 수차례 어둠의 힘에 위협을 받아왔고, 그만큼 많은 수의 영웅들도 탄생해왔다.

그리고 이런 영웅들의 가문, 후손 역시도 그 숫자만큼 어쩌면 그 이상으로 많이 존재했는데, 안타깝게도 그들 중 온전히 영웅의 이름을 이어 내려오는 가문은 극히 소수에 불과했다.

대다수가 세월의 흐름에 녹아들며 잊혀지고, 흩어지고 바래져갔다.

어찌어찌 영웅의 뜻을 이어가는 이들의 경우에도 그 의미만 겨우겨우 담을 뿐, 의지까지 온전히 받아들이지는 못했다.

"그런 의미에서 우리가 특별한 거지."

에르낙은 그리 말하며 쓰게 웃었다. 주변의 풍경을 눈에 담은 까닭이었다.

"허헛… 허……."

말이 채 이어지지 않는 이유는 간단했다.

'일 년 농사가… 허헛!'

너무 흥분해서 그만 이곳이 논이라는 것도 잊어버린 채 힘을 써버렸다. 애초에 그가 먼저 달려들었으니, 뭐라 할 말은 없었으나, 기운이 빠지는 건 어쩔 수가 없었다.

이 모습에 제튼이 어색하게 웃으며 최대한 에르낙의 시선을 피했다. 비록 시작은 에르낙이 했다지만, 결정적인 도발은 그가 한 것이기 때문이었다.

물론, 승부는 그의 패배로 끝이 났다. 어쩌면 이런 부분도 함께 작용하며 그의 어깨를 추욱 늘어트리게 만드는 것일지도 몰랐다.

결론적으로, 둘 다 웃는 게 웃는 것이 아니었다. 호흡을 고르며 애써 가슴을 진정시킨 에르낙이 재차 이야기를 이었다.

"사실, 어쩌면 우리도 아발룸 카샤막이라는 이름에 연연했다면, 결국에는 다른 가문들처럼 흩어졌을지도 모르지."

하지만 중간에 '하쿰'이라는 성으로 한데에 뭉치면서, 겨우겨우 다시금 뿌리를 지켜나가는 계기를 얻을 수 있었다.

"게다가 그 시절에 연공법도 상당부분 완성해 놓았던 덕분에, 이렇게 가문을 이어오는 게 가능했다네."

다른 영웅의 후손들은 이런 계기가 없는 경우가 허다했고, 결국 소수의 후손들만이 옛 이름을 기억하고 있을 뿐이었다.

"몇 분이나 알고 계십니까?"

"타르논, 아온, 게트비하라…"

에르낙의 입이 열리며 하나 둘, 영웅의 성이 이어졌는데, 그 숫자가 무려 일곱이었다. 에르낙의 가문까지 포함한다면, 무려 여덟의 후손들이 이름을 모으고 있는 것이다.

"간간히 교류 정도는 하는데, 사실… 내 입으로 이런 말 하기는 그렇지만, 우리 가문만한 데가 없을 걸세."

무슨 소리인가 싶어서 쳐다보니, 이어진 내용이 또 당혹 스러웠다.

"우리 가문의 연공법은 사실… 내가 완성시킨 거라서."

그러며 민망하니 뒷머리를 긁적거린다.

"나름대로 완성은 되어있던 것이기는 한데, 경지를 넘 고 보니 허술한 부분이 생각보다 많더라고. 흠흠!"

말인 즉, 연공법이 뛰어나서 그가 경지를 넘은 게 아니 라, 그가 경지를 넘어섰기에 뛰어난 연공법을 완성시켰다 는 의미였다.

그 혜택을 제대로 받은 것이 바로 손자인 베낙이었다.

"그래서… 어느 정도입니까?"

다른 가문들의 수준을 묻는 것이다.

"왠지, 자네가 기대하는 눈치라서 말하기가 조금 그렇 군."

그렇게 잠시 어색하니 웃던 에르낙이 짧은 헛기침과 함 께 입을 열었다.

"흠흠! 한 명일세."

무엇을 의미하는 숫자일까?

"다섯 해 전에 '돌탄'의 가주가 별의 힘을 깨우쳤다고 하더군."

여덟 가문.

한 명의 그랜드 마스터와 한 명의 마스터!

옛 영웅들의 영광을 떠올려본다면, 조금은 허탈하다 싶을 정도의 전력이 아닐 수 없었다.

이런 제튼의 기색을 눈치 챈 것일까? 에르낙이 쓰게 웃으며 말했다.

"흠흠! 먹고 사는 게 팍팍해서."

새삼스레 엉망이 된 논으로 시선이 닿았다.

'끄응….'

1년 농사가 홀라당 증발해버린 풍경이 눈에 들어왔다. 폭풍을 부르는 그의 검이 주된 요인이라는 게 더 가슴이 아팠다.

'아… 내가 미쳤지.'

왠지 눈가가 촉촉해졌다.

"그 한 분 말고는 없는 겁니까?"

이어지는 제튼의 물음에 눈가의 물기를 걷어내며 입을 열었다.

"안타깝게도 없다네. 이미 말했듯이 쓸 만한 연공법이 없으니 어쩔 도리가 없더군."

게다가 오랜 세월이 흐른 까닭일까? 영웅의 그 뛰어난 피가 세월의 흐름 속에 희석된 듯, 재능이 뛰어난 아이들도 점차적으로 줄어드는 추세였다. 가문의 규모가 줄어든 것도 한 몫 단단히 했다.

"뭐, 그걸 막아보겠다면서 가문끼리 혼인을 추천하고 있기는 한데, 솔직히 그리 찬성하고 싶은 마음이 들지는 않더군."

이미 연공법은 완성시켰다. 굳이 재능에 목맬 필요가 없다고 여긴 것이다. 아주 재능이 없는 것만 아니라면 충분히 성장시킬 수 있다고 믿었다.

"가문이라고 하셨는데, 따로 식솔들이 있으신 겁니까?"

이야기를 듣던 중, 제튼이 슬쩍 의문점을 꺼내놓았다. 앞서부터 궁금했던 부분이기도 했다.

"특별히 가문이라고 할 만한 정도는 아니지."

하쿰가의 식솔들은 이곳 '루에른' 지방 곳곳에 퍼져있었는데, 그 중에서 연공을 하는 이들을 따로 모아도 그 숫자가 50을 못 넘겼다.

기본적으로 남다른 재능을 타고나는 덕분에, 하나같이 익스퍼트급의 실력자들이라는 부분이 그나마 내세울만한 부분이었다.

에르낙의 존재가 아니더라도, 이만한 전력이라면 충분히 소규모 영지 정도는 뒤덮고도 남을 정도였다.

"그래도 가문인데, 따로 장소를 잡고 모이는 게 낫지 않겠습니까?"

제튼의 의문은 어찌 보면 당연한 것이었다. 어찌 가족이 떨어져 산단 말인가.

이런 제튼의 의문에 에르낙이 쓰게 웃으며 입을 열었다.

"뭐, 한 때는 그런 시기도 있었지. 제법 그럴싸한 마을을 꾸렸던 적도 있다네. 하지만 길게 이어지진 못했지."

영지내에 '세력'이라는 것이 생기는 걸 경계한 영주가 그들을 토벌하려 든 것이다. 어찌어찌 자리를 피해 새로이 터전을 마련하니, 이번에는 그들을 이용하려드는 것이 아닌가.

최대한 숨죽이며 산다고 해도, 그만한 인원이 터를 잡는 만큼, 결국에는 들킬 수밖에 없었다.

때문에 지금처럼 멀지 않은 장소에 터를 잡은 채, 최대한 '평범'을 가장하며 지내고 있는 것이다.

"그나저나… 손자 녀석을 만나러 왔을 텐데, 내가 너무 오래 붙잡고 있었군."

그리 말하며 쓰게 웃는데, 아무래도 좀 전의 패배가 떠오른 모양이었다. 게다가 그 스스로가 망쳐버린 1년 농사도 슬쩍 발을 걸치고 있는 듯 보였다.

"할 일도 없고 하니. 내 직접 데려다 주겠네."

정확히는 할 일이 사라져버린 경우였다.

"아, 괜찮습니다."

제튼이 고개를 흔들며 말했다.

"어르신을 만나 뵌 것으로 충분합니다."

베낙을 만나 그 실력을 점검하고 적당한 가르침을 줄 생각이었다. 하지만 그의 곁에 에르낙 같은 실력자가 있다면 이야기가 달랐다.

'굳이 내가 아니더라도 배움은 충분하겠네.'

이곳에서는 다른 그림을 그릴 필요가 있었다. 제튼이 에르낙을 향해 물었다.

"그나저나 제가 괜찮은 차가 하나 있는데, 한 잔 하시겠습니까?"

좀 더 다양한 이야기들을 나누고 싶었던 에르낙이기에 흔쾌히 웃으며 화답했다.

"허헛! 잘 됐군. 마침 나는 괜찮은 물을 알고 있다네."

간단히 말해 한 잔 하자는 뜻이었다.

너털웃음을 터트린 에르낙이 앞장섰고, 제튼이 그 뒤를 따랐다.

❖

그것은 실로 이상한 감각이었다.

'제튼?'

생각과 동시에 고개를 흔들었다.

'브라만!'

상대에게서는 오랜 추억의 향이 났다.

'대체…'

오르카는 이해할 수 없다는 얼굴로 전방의 사내를 바라봤다.

'천마.'

실로 생소한 방식의 이름을 사용하는 사내였는데, 그는 등장부터가 남달랐다.

〈나는 성교육 선생이야.〉

카이든의 곁에서 말도 안 되는 이상한 소리를 내뱉던 첫 만남이 기억났다.

〈뭐야, 이 미친 또라이 새끼는!〉

하도 어이가 없어서 냅다 달려들었다. 그녀만한 실력자가 대뜸 검을 뽑아드는 게 이상할 수도 있었으나, 당시에 천마가 헛소리와 함께 날려대던 기세가 너무나도 강렬했기에 본능이 움직여버린 것이다.

그렇잖아도 황제로 인해 몸이 달아있던 그녀에게는 자극적이라는 말로도 부족할 정도의 기세였다.

그 흥분감에 분노를 살짝 첨가시키며 달려든 것이다.

'하…'

당시의 전투를 떠올리니 헛웃음이 나왔다.

패배!

그것도 철저한 패배였다. 겉보기로는 비슷비슷한 수준

의 대결로 보였을 것이다. 하지만 당사자인 그녀만큼은 알고 있었다. 상대는 그녀를 마치 농락하듯 대결을 이어나갔었다.

제튼이 생각나게 할 정도의 강자!

그게 천마라는 사내가 숨기고 있는 실력이었다. 물론, 제국 내에서 실력을 겨루는 만큼 제대로 힘을 발현하기가 어려웠던 건 사실이다. 하지만 그럼에도 불구하고 느껴지는 격차는 어쩔 수가 없었다.

그래서일까?

천마를 보고 있노라면 자꾸만 제튼이 생각나게 되는 것이다.

하지만 얼마 지나지 않아, 천마의 얼굴 뒤로 제튼이 아닌 다른 얼굴이 그려지기 시작했다.

브라만 대공!

과거, 제국전쟁 시절에 마왕 또는 사신이라 불리던 그를 떠올리게 된 것이다.

이유는 알 수 없었다.

'꼭… 그렇지만도 않나.'

고개를 절레절레 흔든 오르카가 천마를 바라봤다. 음흉한 시선이 한 차례 그녀의 전신을 훑고 지나가는 걸 느꼈다.

천마가 보낸 것이었다.

'저런 점이 판박이란 말이지.'

절로 눈살이 찌푸려지는 장면이기도 했다. 그도 그렇게 현재 천마는 카이든을 가르치고 있는 중이지 않던가.

아이와 오랜 시간을 함께 한 까닭일까? 이제는 아들처럼 여기는 마음도 있건만, 그런 아이를 상대로 한눈을 파는 모습을 보이고 있었다. 당연히 곱게 보일리가 없었다.

어쨌든 찰나 간에 비쳐졌던 천마의 눈빛 태도 그리고 표정에서 또 다시 브라만 대공의 흔적을 보았다.

'…왜?'

도통 이해할 수 없는 일 뿐이었다.

'형제라서?'

제튼과 형제라는 소리를 들었다. 분명 제튼의 가족에 대해 알고 있기에, 이 부분을 콕 집어서 의문을 제기했었다. 이에 대한 대답이 또 가관이었다.

〈소울 브라더라고 알려나 모르겠네. 우리는 영혼으로 맺어진 형제거든. 큭큭큭!〉

뭔 개소리인가 싶었지만, 지금처럼 브라만의 잔재를 보고 있노라면 그 말을 전혀 헛소리라고 치부하기가 어려웠다. 그녀가 알지 못하는 깊은 관계가 그들 사이에 있을수도 있다는 생각이 들었다.

"후우…"

나직한 한숨과 함께 고개를 돌렸다. 보고 있으면 머리만 복잡해지니, 차라리 안 보는 게 속이 편했다.

"큭큭큭!"

천마는 휙 하니 고개를 돌려버리는 오르카의 모습에 웃음을 터트렸다.

'머리깨나 아플 거다.'

그녀가 어떤 고민을 하고 있을지는 충분히 예상할 수 있었다. 그가 의도적으로 옛 모습들을 내비쳤기 때문이었다.

물론, 제튼과의 진실 된 관계를 알려주고자 하는 마음은 아니었다.

'스스로 알아내는 건 어쩔 수 없지만. 크큭!'

정체가 밝혀질지도 모르는 위험 속에서도, 굳이 브라만의 모습을 보여주며 그녀를 당혹스럽게 하는 이유는 아주 간단했다.

'재밌으니까.'

말 그대로 그녀를 놀리는 중이었다. 물론, 그 혼자만 즐겁다는 게 포인트였다. 연신 실소를 흘리던 그의 시선이 곁으로 돌아갔다.

한참 연공에 빠져있는 소년의 모습이 보였다.

'생각 이상으로 제법이야.'

온전히 장난스런 마음으로 벌린 일이었다.

'골려줄 생각이었지.'

제튼이 당황하는 모습을 상상하며 냅다 저질렀다. 때문에 깊이 생각해보지는 않았다.

카이든 라 브라만 칼레이드!

연공중인 소년을 바라보고 있노라면 이상한 감정에 휩싸이고는 했다.

천마신공을 남기기 위해 그가 지닌 혼의 일부를 떼어, 아이에게 넘겼다.

차후에 제튼이 아이의 존재와 천마신공에 대해 알고 난 뒤, 얼마나 분노할지, 또 얼마나 절망할지 생각하며, 막무가내로 일을 벌려놓은 것이다.

말 그대로 제튼만을 대상으로 한 장난이었다. 헌데, 막상 아이를 마주하고 나자, 기이한 감정이 그를 감싸는 걸 느꼈다.

언제고 떼어냈던 혼의 울림일까?

그게 아니라면 천마신공의 교류?

알 수 없는 감각이었으나, 이와 비슷한 감정적 대상을 알고 있었다.

제튼 반트!

웃음이 나왔다. 단 한번, 만나는 순간, 눈앞의 소년 카이든을 제튼과 동급에 놓았다는 걸 깨달은 까닭이었다.

소울 브라더!

오르카를 놀려줄 생각으로 했던 변명거리가 생각났다.

한 때 한 몸을 공유했던 사이기도 하니, 그저 변명이라고 만 하기도 어려웠다.

그렇다면 카이든은 어떤 대상일까?

'소울…메이트?'

자신이 생각하고서도 왠지 간지럽다는 생각에 그도 모르게 볼을 긁적이고 있었다.

조금은 그답지 않은 태도였는데, 이는 한 때 제튼과 몸을 공유하던 시절, 그에게서 넘어온 버릇이었다. 그의 것이 제튼에게 가고 제튼의 것이 그에게로 왔다.

본의 아닌 동거생활의 잔재였다.

고개를 절레절레 흔들어 요상스런 감정과 생각들을 털어낸 그가 카이든에게로 시선을 보냈다. 제튼에게도 연공의 공부를 배우기는 했겠으나, 그가 가르쳐준 건 그야말로 기본 중에 기본들 뿐이었다.

천마는 이 부분에서 무림의 것을 남기지 않으려하는 제튼의 의지를 읽었다. 때문에 천마는 기본 그 이상의 것들을 과감히 전수했다.

차후에 이를 알고 난 뒤, 제튼이 어떤 표정을 지을지 상상하니 절로 웃음이 나왔다.

'그나저나… 너무 잔잔한데.'

카이든의 내부로 천마신공 백룡이 현란하게 움직이며 전신을 휩쓰는 게 느껴졌다.

생각보다 격렬한 움직임이었으나, 겉으로는 그저 은은한 오러의 잔향만이 비칠 뿐이었다.

이 부분이 천마의 마음에 들지 않았다.

'백룡이라는 건가.'

절대지존공이라 불리는 천마신공이라면, 그 연공의 잔향만으로도 주변을 압도하고 지배할 수 있어야 한다. 하지만 카이든은 어떠한가.

마치 봄바람이 부는 듯, 저 살랑살랑 부드러운 기운은 그로 하여금 눈살을 찌푸리게 만들 정도였다.

'정파 놈들을 보는 것 같군. 쯧!'

맘에 안 드는 듯 혀를 차면서도 굳이 손을 쓰지는 않았다.

〈내 시대는…브라만의 시대는 끝났다.〉

아련하니 귓가를 스쳐가는 제튼의 이야기를 떠올렸다.

〈지금은 새로운 시대다.〉

그는 말했었다.

〈새 시대에는 새로운 영웅이 필요한 법이지.〉

살짝 구겨졌던 표정이 풀리고, 내려갔던 천마의 입 꼬리가 다시금 위로 향했다.

새로운 영웅!

그 단어가 머릿속을 맴돌았다. 천마가 즐거운 얼굴로 카이든을 응시했다.

'아주…재밌겠어.'

다시금 실소가 터져 나왔다.

"아 쫌!"

그 순간 카이든이 연공을 멈추며 버럭 성을 냈다.

"자꾸 옆에서 소음 좀 일으키지 마요. 신경 쓰이게."

천마의 손가락이 움직였다.

따악!

아찔한 충격이 카이든의 이마를 훑고 지나갔다.

"커윽!"

생각 이상으로 아팠던 모양인지, 양 손을 써가며 이마를 비벼대는 게 보였다. 온 몸으로 고통을 호소하는 카이든을 향해 천마가 말했다.

"마! 나는 네 나이 때, 옆에서 화살이 빗발쳐도 태연히 수련을 했었어. 그 뿐인 줄 알아? 코앞에서 칼질을 해도 숙면까지 취했던 사람이야. 쯧!"

이마를 비비던 카이든이 버럭 성을 냈다.

"그게, 무슨 말도 안 되는…."

따악!

반발의 외침이 채 이어지기도 전에 다시금 징벌이 떨어졌다.

"믿어. 믿으면 복이 오니까. 불신은…."

말 끝을 흐리며 손가락을 가볍게 튕겨대는데, 그걸로 충분히 뒷말은 짐작할 수 있었다.

지옥!

마른침을 꼴깍 삼킨 카이든이 다소곳이 자리에 앉았다. 그리고는 다시금 연공이 시작되었다. 물론, 일말의 반항심인지 유난스레 튀어나온 입술만큼은 감추지 않았다.

그 모습이 요상하게 귀여웠다.

"…큭큭큭!"

재차 천마의 실소가 터져 나왔다.

❖

한 줄기 산들바람이 밀려오는가 싶더니, 이내 수십 수백 줄기로 이어지며 거대한 광풍이 되어 세차게 밀어닥치기 시작했다.

그저 바람이라 여기며 정면으로 맞서면 크게 다칠 수도 있었다. 그도 그렇게 밀려드는 바람의 줄기 하나하나가 강력한 오러를 품고 있는 까닭이었다.

때문에 이를 막으려면 오러를 극한까지 끌어올려 오러 실드를 치는 수밖에 없었다.

하지만 놀랍게도 사내는 오러 실드를 두르지 않았다. 그저 태연한 모습으로 오러의 줄기들을 받아들였고, 거짓말처럼 폭풍은 사내를 스치며 지나갔다.

멍청하니 그 모습을 보고 있노라니, 어느새 폭풍을 뚫고 나온 사내가 손을 뻗어 이마를 짚고 있었다.

"논이 엉망이 됐네요."

가까이서 마주한 사내는 너무도 멀쩡했다. 옷깃하나 베이지 않은 것이다.

짧은 승부였다.

"하…."

힘이 쭈욱 빠졌고, 자연스레 태풍이 멈추며 정적이 찾아들었다.

패배의 순간을 떠올리던 에르낙은 쓰게 웃으며 찻물을 들이켰다. 뜨거운 열기가 입안을 가득 적셨으나, 그보다 뜨거운 화로가 가슴에서 불을 피우는 탓에, 무시하고 꿀꺽 넘겨버렸다.

'패배라.'

얼마만인지 기억도 나질 않았다. 가슴 속 가득 불꽃이 튀었다. 그와 달리 차분한 모습으로 찻물을 들이키는 제튼의 모습이 보였다.

새로운 목표였다. 절로 가슴이 타올랐다.

'도전인가!'

오랜만에 느끼는 이 설레는 감정에 두 눈 가득 빛이 들어왔다.

이런 그의 열기를 느낀 것인지, 제튼이 슬쩍 시선을 피하며 찻물을 들이켰다. 그러며 머릿속으로 에르낙과 나눈 대화들을 정리했다.

'알려지지 않은 실력자들이라….'

영웅의 후예라는 이유로 나름의 자부심도 있는 것 같았다.

'대단한 전력이긴 한데.'

칼레이드 제국의 등장 이전이었다면, 확실히 인상적이었을 것이다. 지금도 대단하다고 할 법한 수준이었으나, 안타깝게도 제국 전쟁의 영향으로 인해, 이제는 충분히 찾아볼 만한 수준이기도 했다.

'하지만….'

찻잔을 내려놓은 제튼의 시선이 건너편으로 향했다.

에르낙 하쿰!

그의 존재가 다시금 저들에게 특별함을 부여하고 있었다. 머릿속으로 이런저런 생각들이 스쳐갔다. 그리고 이내 하나의 결론을 내렸고, 이를 입 밖으로 꺼내들었다.

"옛 이름을 되찾고 싶지 않으십니까?"

무슨 의미인지 확인하려는 듯, 에르낙의 날카로운 시선이 제튼과 맞닿았다.

"아발룸 카샤막! 잊혀진 영웅의 뜻을 이어가는 겁니다."

에르낙의 표정이 살짝 굳어졌다. 하쿰이 아닌 카샤막을

언급했다는 부분에서 많은 생각을 하게 만든 것이다.

제튼은 그가 생각을 정리할 수 있도록 차분히 찻물을 들이키며 기다렸다.

그렇게 몇 잔이나 들이켰을까? 슬슬 새로이 물을 받아야 할 즈음이 되었을 때, 닫혀있던 에르낙의 입이 열렸다.

"어둠의 계절이 찾아오는 건가?"

제튼의 고개가 끄덕여졌다.

"으음… 마족이라니."

신음성을 흘리던 에르낙이 재차 생각에 빠져들었다. 제튼은 이번에도 조용히 기다렸다. 그 사이에 물을 새로 부어 찻잎을 다시 달이기도 했다.

그렇게 새롭게 잔을 채우고 있을 즈음, 에르낙이 물어왔다.

"확신할 수 있나?"

예상했던 질문이었고, 준비해놨던 대답이 있었다.

"제 이름을 걸죠."

대공 브라만. 그 명성을 떠올린 에르낙이 고개를 끄덕였다. 게다가 저만한 실력자가 굳이 쓸데없는 거짓으로 그를 속일 필요가 없다고 여긴 이유도 컸다.

"믿어보겠네."

그리 답하는 에르낙을 보며 제튼의 머릿속이 바삐 돌아갔다.

'은거기인(隱居奇人)이었지.'

천마가 살던 무렵의 세상에는 조용히 살아가는 실력자들이 생각보다 많다고 들었었다. 그에게 들었던 이야기들을 하나하나 추려보았다.

'바닷가의 모래알 숫자만큼 많다는 건 비유가 좀 과하지만.'

어쨌든 이런 숨은 강자들을 모아서 새로운 세력을 형성한다면 어떠할까?

애초의 계획은 알려지지 않은 실력자들을 충분한 강자로 만들어내는 것이었다. 하지만 이들은 세상의 '안'에서 살아가는 이들이었다.

그러나 눈앞에 있는 에르낙과 그의 가문 그리고 다른 영웅의 후손들은 어떠한가.

그들은 세상의 '밖'에서 삶을 이어나가는 존재들이었다. 이러한 '바깥'에 새로운 힘을 만들어낸다면?

추측컨대 대공의 기사들이 등장하던 당시와 버금가는 충격이 몰아치지 않을까?

물론, 이 모든 건 에르낙이 저들의 중심에 서서 고삐를 잘 잡아줘야 한다는 조건이 있었으나, 잠시간 대화를 해본 에르낙이라면 충분히 가능하다고 여겨졌다.

'세상의 이면…'

제튼의 두 눈에 불길이 일렁거렸다.

전쟁이 한창인 제국의 경계지역을 지나친 덕분일까?

"힘이 많이 회복 된 것 같습니다."

은각의 말에 대성 역시도 고개를 끄덕이며 가볍게 목을 꺾었다. 전쟁지역에서 받아들인 기운으로 인해서인지, 전신 가득 활력이 느껴졌다.

마계에 있던 당시의 힘을 완전히 회복한 건 아니었다. 반의 반도 안 되는 힘을 회복한 것이나, 이것으로도 충분히 본신의 능력을 끌어내는 게 가능했다. 물론, 길게 이어나가는 건 아직 무리였으나, 잠시마나 본신의 능력을 발현할 수 있다는 게 중요했다.

"슬슬 제대로 움직여봐야겠군."

이미 경계지역을 넘어서면서 상인들과는 헤어진 상황이었다. 그 사이에 금각과 은각이 대륙의 지도 및 정보들을 대략적으로 추린 까닭에, 그들끼리 움직이는 건 문제가 되지 않았다.

"브라만이라는 자를 만나려면 어디로 가야하지?"

대성의 물음에 금각이 즉시 대답했다.

"우선, 제국의 수도인 크라베스카로 가는 게 좋을 것 같습니다."

"이유는?"

"그는 이곳 제국의 영웅입니다. 게다가 그의 거처는 제 국의 중심부에 있다는 소리도 들었습니다."

이를 토대로 분석한 결과, 제국 수도로 가서 그의 거처 를 수색하는 게 먼저라는 결론이 나왔다.

"정보단체라는 게 있다던데."

말인 즉, 그곳에 의뢰를 해보라는 의미였다. 이에 금각 이 부정적인 의견을 내어놓았다.

"상인들과 이야기를 나눠보니, 여러 정보단체에서 대공 을 찾으려고 활동을 하고 있다고 합니다."

하지만 그럼에도 불구하고 십년이 넘게 찾지 못했다.

"차라리 저희가 직접 움직이며 조사를 하는 게 나을 겁 니다."

금각의 결론에 대성이 고개를 끄덕이며 말했다.

"그럼, 바로 움직이지."

결정과 함께, 셋의 신형이 바람처럼 쏘아져나갔다.

❖

끊임없는 설득이 먹힌 것일까?

"알았어. 오빠 말대로 할게."

여동생이 드디어 전쟁터에 관한 마음을 접은 것이다. 케 빈은 안도의 한숨을 내쉬며, 그동안의 일들을 떠올려봤다.

'하아…'

고개가 절로 저어지는 힘든 여정이었다. 메리의 친구들을 일일이 찾아다니며, 그 아이들의 마음을 하나하나 돌린 것이다.

애초에 메리가 전쟁터로 시선을 돌린 이유도, 친구들을 향한 걱정에 나온 이야기가 아니던가.

그렇다면 그 친구들을 설득하는 게 먼저라는 생각이 들었다. 생각과 동시에 행동으로 옮겼다.

워낙 말수가 적고 사교적이지도 않은 케빈에게는 만만치 않은 일이었다. 특히, 하나같이 여학생들인 까닭에 더더욱 말문을 열기가 어려웠다.

그래도 어찌어찌 애를 쓴 덕분인지, 작게나마 말문이 트였고, 자연스레 메리의 친구들을 전부 설득하는데 성공할 수 있었다.

"고맙다."

그리 말하며 메리에게 시선을 보내자, 여동생이 살포시 웃으며 대답했다.

"나야말로 고마워. 말려줘서."

그녀 역시도 전쟁터에 대한 막연한 두려움이 있었다. 친구들을 향한 마음에 전쟁지역 파견을 언급하기는 했으나, 솔직한 심정은 누군가 말려주기를 바라는 마음이 컸다.

그래서 더욱 케빈이 고마운 것이다. 그녀뿐만 아니라 다른 친구들 역시도 오라비로 인해 결정을 바꿨다는 걸 아는 까닭이었다.

감사의 의미인지, 아니면 오랜만에 어리광을 부리고 싶은 마음에서인지, 메리가 케빈의 팔에 바싹 달라붙으며 실실 웃었다. 그리고는 케빈의 얼굴을 이리저리 뜯어보는 것이 아닌가.

이 갑작스런 동생의 태도에 당황한 듯, 케빈이 조금은 굳어진 얼굴이 되어 이리저리 시선을 피하는 게 보였다.

"히야~! 확실히 애들이 넘어갈 만 하네."

"무슨… 소리냐?"

"흐흐! 아니야."

메리가 고개를 흔들며 슬쩍 대답을 회피했다.

'저 얼굴로 설득을 하는데, 안 넘어갈 수 있겠어.'

그녀의 친구들이 마음을 돌리는데에는 은연중에 케빈의 외모 역시도 작용했다는 걸 알고 있었다. 하나같이 그녀를 찾아와 오라비의 이야기를 해대는데 어찌 모를 수가 있겠는가.

"고마워!"

재차 이어지는 여동생의 감사인사에 케빈은 도통 영문을 모르겠다는 듯, 고개만 갸웃거릴 뿐이었다.

"그런데 요즘 쿠너 오빠는 어째 보기가 힘들더라."

메리의 이야기에 케빈 역시도 동의한다는 듯 고개를 끄덕였다.

확실히 최근 들어서 쿠너와 마주치는 일이 별로 없었다. 어찌어찌 그를 찾아가도 매번 자리에 없는 까닭에 최근에는 거의 얼굴을 보지 못한 상황이었다.

"맛있는 것 좀 얻어먹으려고 했더니. 쳇!"

여동생의 투덜거림에 케빈이 고개를 절레절레 흔들었다. 그들 남매가 용돈이 부족한 건 아니었으나, 이곳 수도의 물가가 워낙 높은 까닭에, 고향에 있던 무렵처럼 돈을 쓰기가 힘들었다.

그렇다보니 이처럼 간혹 쿠너를 우려먹는 경우가 있었다.

"쿠너 형님도 월봉이 얼마 안 된다고 하시더라."

말인 즉, 너무 괴롭히지 말라는 의미였다.

케빈의 짧은 타박에 메리가 입술을 삐죽 내밀었다. 그 모습이 귀여워 한 차례 시원한 웃음이 흘러나왔다.

❖

⟨받아주십시오!⟩

그것은 실로 갑작스러운 상황이었고, 변화였다.

제국 습격사건이 있고, 어느 정도는 주변의 분위기가 진정되었다고 여겨질 무렵, 그들이 움직였다.

브로이를 필두로 한 최초의 기사들!

전설의 주역이라 할 수 있는 실력자들이 일제히 그의 앞에 한쪽 무릎을 꿇고 허리를 숙이며 충성을 맹세한 것이다.

'이거 참…'

쿠너는 너무도 뜬금없는 상황에 어찌 반응해야 할지 몰랐다. 어버버 거리면서 멍청한 태도를 보이는 와중에도 그들은 움직이지 않았다.

충성의 맹세를 하던 모습 그대로 조용히 그의 대답만을 기다리고 있을 뿐이었다.

어찌 답해야 할까? 많은 고민이 이어졌다. 그런 그에게 브로이의 메시지가 날아들었다.

[받아주십시오!]

짧은 한마디.

그러나 강렬한 의지가 깃들어서 그를 흔들었다. 그 순간, 승낙하지 않는 이상 결코 움직이지 않을 것 같다는 느낌을 받았다. 다시금 고민이 이어졌으나, 결국 결론은 거절로 이어졌다.

너무도 뜬금없기도 했고, 그에게는 아직 누군가를 이끈다는 생각이 없던 이유도 컸다.

하지만 저들의 충성맹세는 하루로 끝나지 않았다. 매일

처럼 맹세의 의식이 이어졌고, 그렇게 다섯 차례까지 이어졌을 때, 결국 고개를 끄덕이는 방향으로 결론이 났다.

이후 브로이와 많은 이야기를 나눴다.

그 와중에 스승의 정체 역시도 들을 수 있었다. 예상했던 것처럼 브라만 대공이 맞았다.

또한 저들 최초의 기사들에 대한 이야기도 자세히 들었고, 그로 인해서 저들의 고통에 대해서도 이해하게 되었다.

어쩌다 보니 승낙하는 흐름으로 이어졌으나, 그렇다고 해서 스스로가 뱉은 발언을 외면할 생각은 없었다. 결국 결정은 그가 한 것이기 때문이다.

해서, 매일처럼 시간이 날 때마다 그들과 합을 맞췄고, 대화를 나눴으며 결속력을 다졌다.

참 된 의미로써 저들과 하나 되기를 바란 것이다. 그로 인해서 반트가의 남매와 함께하는 시간이 줄어들었지만, 워낙 정신없이 움직이던 탓에, 이를 인지하지는 못했다.

브로이는 쿠너와 동료들이 검을 나누는 모습을 보며 흡족한 미소를 입가에 걸쳤다.

'다행이야.'

쿠너와 동료들의 결합!

솔직하게 이야기하자면 조금은 빠른 감이 없잖아 있었다. 하지만 과감히 추진해버렸다.

흑사자 기사단!

앞서, 밀러가 다녀간 뒤 은연중에 마음이 흔들리는 이들이 있음을 느낀 까닭이었다. 물론, 결국에는 쿠너를 선택하리란 것을 알고는 있었다. 하지만 만에 하나라는 게 있지 않은가.

때문에 그가 직접 움직여 동료들의 뜻을 모았다.

'뭐, 반쯤은 도박이었지.'

사실 쿠너의 결정에 대한 확신은 없었다. 쿠너에게는 아무런 언질을 한 적이 없던 까닭이었다.

하지만 주기적으로 쿠너의 스승, 제튼을 언급하며 쿠너의 위치를 상기시켜주는 작업 정도는 한 상태였다. 겨우 이것만으로는 확신을 할 수 없었으나, 그럼에도 불구하고 동료들의 뜻을 모아 충성의 맹세를 했다.

맹세를 받아들이지 않았을 때, 솔직히 조금은 당황했었다. 하지만 그런 상황도 염두에 뒀고, 동료들 역시 의지가 꺾이지 않았음을 알고는 끈기 있게 맹세를 이어나갔다.

'칠전팔기라고 했던가?'

언제고 브라만 대공이 그들을 가르치던 당시에 했던 이야기로써, 이를 떠올리며 끈덕지게 매달린 것이다.

'그 덕분에 성공할 수 있었지.'

허나, 두어 차례 정도 더 거절이 이어졌다면 어떻게 됐을까?

'…위험했을지도.'

동료들의 마음이 흑사자 쪽으로 움직였을지도 몰랐다. 괜스레 움직였다가 상황을 악화시키는 결과가 나왔을 수도 있던 것이다.

'후우….'

안도의 한숨을 내쉬는 한편, 쿠너와 동료들의 대련으로 신경을 모았다.

매일처럼 붙어 지내는 까닭일까? 하루가 다르게 합이 맞아가고 있었다. 절로 고개가 끄덕여졌다.

'다행이야!'

은연중에 마음고생이 심했던 까닭인지, 그에게는 눈앞의 풍경이 기적처럼 여겨지고 있었다.

'휘유….'

❖

하나를 가르치면 열을 깨우치는 천재? 소년은 그것만으로는 표현할 수 없을 만큼 뛰어난 재능을 지니고 있었다. 덕분에 짧은 시간에도 수많은 공부를 전수하는 게 가능했다.

그저 몇 마디 툭 던져주는 것만으로도 발전하는 모습을 보일 정도니, 그 재능을 보고 있노라면 절로 떠오르는 생각이 있었다.

'수업하기 편하네.'

천마는 실실 웃어대며 카이든의 수련을 지켜봤다. 천마
신공의 기운을 토대로 다양한 연공의 방식을 적용시키고,
이를 활용한 기운을 운용방법과 발현법등을 전수했다.

게다가 마도의 공부 외에도 정도의 공부도 함께 가르쳤
다. 상반된 공부의 위험성을 알고 있음에도 불구하고 이를
전한 것인다.

'빛과 어둠을 한 손에 움켜쥐는 것. 그게 바로 천마신공
의 위대함이지.'

또한 다양한 병장기들과 관련된 무예들도 가르쳤다. 황
자로써의 본분과 아카데미 학생으로써의 일상까지 고려한
다면, 그야말로 제대로 숨도 못 쉴 정도로 빡빡한 일정이
었으나, 카이든은 무리 없이 이 모든 수업들을 따라왔다.

'갈증이 제대로 쌓였어. 큭!'

제튼에게 기본만을 배워왔기에 더욱 갈증이 쌓였을 것
이다. 오르카만으로는 채워줄 수 없는 영역이었다. 천마는
손에 닿지 않는 이 미묘한 부분을 긁어준 것이었다.

'이거 참⋯'

어째서인지 자꾸만 입가에 미소가 그려졌다.

'크게 될 놈이야.'

그러면서도 한 가지는 빼놓지 않았다.

'나 다음은 되겠어. 크큭!'

연신 실소를 입에 물던 천마의 미간에 한 줄기 주름이 잡혔다. 그러더니 그 시선이 뒤편으로 돌아가는 것이 아닌가.

"하…."

이어지는 헛웃음이 그의 감정을 내비쳤다.

"으드드득!"

점차적으로 그의 얼굴이 구겨지는가 싶더니, 어느새 이까지 갈아대고 있었다.

저 멀리, 제국으로 향하는 길목으로 익숙한 기운 세 개를 읽은 까닭이었다.

'금각, 은각….'

그 둘까지는 괜찮았다. 하지만 마지막 세 번째는 충분히 문제가 될 수 있었다.

제천대성!

한창 마계를 흔들며 소란을 피워야 할 그가 어찌 이곳에 있단 말인가.

"끄응…."

갑작스레 뒷목이 뻐근해지며 골머리가 아파왔다.

〈11권에서 계속〉

#7. 외전 - 우마왕!

#7. 외전 - 우마왕!

탄생의 순간부터 하늘이 될 것을 알았다. 숨을 쉬는 것만으로도 몰려드는 마력과 아무것도 하지 않았음에도 우월성을 띄는 괴력이 이를 증명했다.

귀족의 자리 정도는 순식간에 꿰찰 수 있었다. 이후 차례차례 상위의 존재들을 쓰러트리며 위로 올라갔고, 어느새 최상위 귀족으로써 그럴싸한 자리를 지니게 되었다.

이제 남은 건 하나 뿐이었다.

왕!

앞서와 달리 쉽지가 않은 시간이었다.

생각 이상으로 많은 기간을 들여야 했고, 피를 토하는

노력이란 것도 해야 했으며, 끈기라는 것 역시도 가져야
했다.

그렇지만 결국 얻어냈다.

이후 새로운 하늘에 발을 디디고자 주변으로 시선을 돌
렸고 절망해야만 했다.

세상에는 너무도 많은 왕들이 있었던 것이다.

물론, 초반부터 절망한 건 아니었다. 치열하게 왕국을
넓히려 전쟁을 치렀고, 나름대로 그 영역을 넓히기도 했
다.

하지만 그럼에도 불구하고 '절대'라 부르는 영역까지는
도달하지 못했다.

왕들 사이에도 격이 있었고, 자신은 겨우 중간 수준밖에
안 된다는 걸 깨달은 것이다. 몇 차례 상위의 마왕들과 겨
루고 박살난 뒤, 몸을 사리는 법을 깨달았다.

웅크리고 또 웅크리며 기회를 기다렸다.

언제든 도전할 수 있도록!

날카롭게 이를 가는 걸 들키지 않게, 의도적으로 격도
낮췄다. 하위의 마왕처럼 보이게 한 것이다.

얼마나 지났을까.

오랜 시간을 끈기 있게 기다렸으나 기회는 찾아오지 않
았다. 슬슬 인내력의 한계에 도달할 무렵 새로운 소문을
들었다.

'천마?'

언젠가부터 그의 영역을 제집마냥 휘젓고 다니는 실력자의 이야기였다. 누군가는 그를 새로운 '왕'이라 부르기도 했다.

그 순간 불안감이 찾아들었다. 기다리고 인내한다고 믿었던 시간이 사실은 그의 목을 옥죄는 시간이었던 건 아닐까?

'위대한 마신께서 나를 저버리신 것일까?'

그래서 또 다른 왕을 선택하여 그의 영역을 돌아보게 하는 것이라는 생각이 들기 시작했다.

동시에 오랜 시간 인내하며 쌓아왔던 불길이 폭발했다.

"크아아아아아–!"

성이 박살났고, 괴수는 우리를 벗어났다.

놈을 찾아갔다.

그리고 보았다.

'노예의 인!'

전율을 느꼈다.

'위대한 마신이시여!'

그는 버림받은 게 아니라 선택받았다는 걸 깨달았다. 천마에게 새겨진 노예의 인이 그의 것이라는 것을 알았기 때문이었다.

"크하하하하하!"

절로 웃음이 터져 나왔다. 기쁜 마음으로 놈에게 다가가
물었다.

"네놈이 '천마'라는 놈이냐?"

이내 각인시키듯 외쳤다.

"앞으로 네놈의 주인이 될 분이시다."

바로 인장을 발동시킬 수도 있었으나, 기왕이면 '왕'으
로 추대되고 있는 놈의 능력을 확인하고도 싶었다.

그리고 전투가 시작되었다.

강했다!

소름이 끼칠 정도로 강했다.

'왕의 재목!'

그렇기에 기뻤다. 노예의 인을 통해서 이런 자를 발아래
둘 수 있다는 게 기뻤다.

동시에 두려웠다.

'강해!'

너무나도 강했다. 전투가 이어질수록 상대가 그의 능력
을 벗어났다는 걸 느낀 것이다.

'상위… 어쩌면 최상위의 마왕!'

눈앞의 존재는 격이 다른 강자였다. 결국 승부는 아름답
지 못한 결말을 맞이했다.

우우우웅!

인장을 발동시킨 것이다. 노예의 인이 천마를 굴복시켰다.

'으득!'

왕으로써의 자존심이 상하는 순간이기도 했다. 물론, 그
렇다고 해서 천마라는 중요한 패를 버리지는 않았다.

'최대한 이용해주마!'

과연, 마계를 들끓게 만들었던 존재답다고 해야 할까?
천마라는 이름만으로도 그의 세력은 순식간에 규모를 불
렸고, 어느새 상위 마왕과도 버금가는 영역을 손에 넣을
수 있었다.

동시에 '힘' 역시도 강대해졌다.

권속의 수는 지닌바 능력에도 영향을 끼쳤고, 덕분에
단기간에 상위 마왕에 어울리는 능력을 갖추게 된 것이
다.

하지만 그럼에도 불구하고 천마는 강했다.

'빌어먹을!'

놈은 여전히 격이 달랐다.

인장의 능력을 쓰고 있건만, 하루가 다르게 위협적인 기
세가 그를 덮쳐왔다.

결국, 놈을 버리기로 결심했다.

"중간계를 먹어야겠다. 네가 정찰을 해라!"

놈을 눈앞에서 치운 뒤, 그의 세력을 먹고자 한 것이다.
물론 쉽지는 않았다.

'제천대성!'

하급 마물 주제에 왕을 위협할만한 능력을 얻어낸 돌연변이로써, 천마 다음으로 골머리 아픈 존재였다.

'그래도 천마보다는 낫지!'

헌데 이게 웬일?

"없다고?"

그의 수족이 알려온 소식이 의외였다.

골칫거리인 제천대성의 존재가 사라졌다는 것이다. 그뿐만 아니라 금각과 은각이라 불리는 놈들도 자취를 감췄다.

어찌 된 일인지 짐작이 갔다.

'쫓아갔구나!'

천마의 뒤를 따라간 것이다.

"큭. 큭큭… 크하하하하하하!"

절로 웃음이 터져 나왔다.

"준비하라!"

수족들에게 외쳤다.

"5년… 아니, 2년 안에 중간계를 친다!"

마계의 동북부지대를 장악하고 있던 절대자.

우마왕!

그가 본격적인 욕망을 드러내기 시작했다.